마
냥,

슬
슬

일러두기

이 책은 국립국어원 표준국어대사전 표기법을 기준으로 만들었습니다.

단, 외래어의 경우 현재 좀 더 많은 사람들이 흔히 사용하는 단어를 사용했습니다.

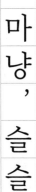

마냥, 슬슬

은모든 지음

열 가지 술을 테마로 한

+ 소설

+ 에세이

+ 테이스팅 노트

숨쉬는
책공장

1장

+ 소설
+ 테이스팅 노트

2장

+ 에세이
+ 테이스팅 노트

1장

단지,
복숭아만 조심한다면

3̶1̶ 33세.

공시생.

복숭아 알레르기 있음.

지하철에서 내리기 전에 인주는 노트에 적어 둔 내용을 다시 확인해 봤다. 복숭아 알레르기가 있는 서른세 살의 공시생. 인주는 눈을 감고 자신의 신상을 한 번 더 되뇐 후에 자리에서 일어났다.

한 주 내내 한낮에도 영하권이었던 기온이 십 도 가까이 올라서 제법 따스한 주말 오후였다. 부드러운 햇살이 며칠째 가로수 밑동을 붙잡고 있던 거무튀튀해진 눈을 녹이고 있었다. 모처럼 패딩 점퍼에서 벗어나 모직 재킷을 입고 외출한 인주는 역 앞 사거리에서 어느 방향으로 걸을지 잠시 고민했다. 때마침 가까운 신호등이 녹색 불로 바뀌었고 이끌리듯 길을 건넜다.

횡단보도를 건너온 후에야 인주는 대로 건너편에 우뚝 서 있는 쇼핑몰을 발견했다. 쇼핑몰 주위로 보세 옷 가게와 카페 같은 상점들이 몰려 있었고, 인주가 서 있는 길 쪽은 상대적으로 상권이 침체돼 보였다. 하지만 쇼핑 목적으로 나온 것은 아니었으므로 우선 골목을 걸어 보기로 했다.

국숫집, 컴포트화가 늘어서 있는 신발 가게, 홍삼 판매점을 지나 인주의 주의를 잡아끈 것은 세계주류 백화점이었다. 이런 형태의 매장은 이제 서울 시내에서 자취를 감춘 줄만 알았다. 그러니 한번 들어가 볼까, 하는 생각이 든 인주는 매장의 유리문을 열었다.

실내는 밖에서 들여다봤을 때보다 더 넓어 보였다. 입구 좌측에는 각종 과일의 맛과 향이 첨가된 보드카가 줄지어 서 있었다. 알록달록한 빛깔이 뒤섞인 술병들을 보며 인주는 어린 시절에 아빠가 안겨 주곤 했던 과일 맛 젤리를 떠올렸다. 가게 안쪽 깊숙한 곳에는 와인 코너가 있었고, 그 앞에 놓인 매대 위로는 전통주 선물 세트가 보였다.

"설 선물 찾아요? 편하게 여쭤보세요."

주류 판매점 사장으로 보이는 여인이 인주 곁으로 다가오며 말을 걸었다. 높임법이 뒤죽박죽이지만 묘하게 정감이 가는 어투였다. 연보랏빛 스웨터에 모직 바지를 입은 그녀는 대략 사십 대 후반으로 보였다.

"선물을 사긴 사야 하는데 제가 술을 잘 몰라서요."

"나도 이쪽 장사 몇십 년짼데 이 중에 못 마셔 본 게 더 많아요."

사장이 미소 지으며 말했다.

"받으실 분 연세가 어떻게 되시고요?"

"저기, 오십 대요."

"아빠 설 선물?"

"큰댁에 드리려고요. 공무원 시험 때문에 좀 신세를 져서……. 아빠는 몇 해 전에 돌아가셨어요."

순간적으로 떠오른, 아빠가 이미 돌아가셨다는 설정을 말하자 사장은 아이고, 하며 안타까움을 표시했다. 그러면서 그녀는 이렇게 공무원이 된 다음에 신세 진 친척을 챙길 줄도 알고 얼마나 경우가 바르냐며 인주를 치켜세웠다. 저세상에서 아버님도 흐뭇하게 지켜보고 계시리라는 말도 덧붙였다.

"그게……. 제가 아직 공무원이 되지는 못했어요. 자꾸 커트라인 근처에서 미끄러져서 올해도 시험 봐야 돼요."

인주는 괜한 면구스러움을 감추기 위해서 핸드백 안의 휴대폰을 꺼내 들었다. 사장은 인주에게 이번에는 시험에 반드시 붙을 것이라고, 아가씨에게 꼭 좋은 기회가 찾아올 것이라고 말했다. 그 말을 듣자 자연스레 인주의 머릿속에 떠오르는 얼굴이 있었다. 조금만 더 힘을 내 보라고 수없이 다독여야 했던 사람이었다. 공교롭게도 그 순간에, 바로 그 사람이 전화를 걸어왔다. 휴대폰 액정에

뜬 '아빠'라는 글자를 가린 채 인주는 매장 밖으로 뛰다시
피 나가서 통화 버튼을 눌렀다.

"인주야! 우리 딸."

아빠는 곰살맞은 어투로 말했다.

"엄마한테 좀 전에 들었는데 뭐야, 너 이번 연휴에
집에 안 온다고?"

"응. 안 가."

"추석에 집에도 안 오는 사람이 어딨어?"

"추석 아니고 설이겠지."

"그래, 설에. 너 신정에도 코빼기도 안 비쳤잖아. 설
에는 아빠한테 얼굴 보여 줘야지."

아빠 옆에서 엄마가 뭐라고 훈수를 두는 것 같았지
만 소리가 울려서 무슨 말을 하는지 파악할 수 없었다.

"와서 아빠가 이번에 만드는 곡도 한번 들어 보고.
이건 아직 남들한텐 비밀인데, 그 밴드 어쩌고 하는 프로
그램 있잖아. 거기 작가한테 전화 왔어. 진짜야! 그러니까
이제 정말 신곡만 딱 나오면…….."

인주는 아빠의 말을 자르며 물었다.

"얼마나 만들었는데? 몇 마디나?"

"지금 작업 중이야."

"작업하다가 안 풀리면, 그 핑계로 한잔하기 좋겠네."

"아이 참! 그런 게 아니래도. 운때가 좋다니까! 만날 하던 가락 그런 거 말고, 이게 진짜 밴드 음악이다, 그런 걸 만들 거야."

"내 또래도 같이 들을 수 있는 노래?"

"어떻게 알았어? 술 딱 끊고 집중할 거야. 아빠가 약속할게."

인주는 자기도 모르게 코웃음 쳤다.

"작년 이맘때도 나한테 그렇게 약속했으니까 알지. 아빠는 왜 설날마다 지키지도 못할 약속을 해?"

그러자 아빠는 인주의 태도가 너무나 차가워서 서럽다고 말했다. 자신은 인생의 실패자라는 사실을 새삼 깨달았다고도 했다. 비굴함마저 어린 어투였다. 상황이 불리하다 싶으면 급작스레 약한 모습을 내보이며 동정심을 자극하는 것. 그게 아빠의 특기였다.

사실 아빠는 그 밖에도 특기가 아주 많았다. 집 안에 고장 난 물건이 있으면 뚝딱뚝딱 고쳐 놓았고, 바다낚시에 능했고, 여전히 허리까지 내려오도록 기르고 있는 머리카락을 직접 손질했고, 수지침도 놓을 줄 알았다. 요리 솜씨가 좋은 데다 타고난 미식가로 전국 각지의 맛집과

제철 식재료를 꿰뚫고 있기도 했다. 무엇보다 목청이 좋았다. 고등학교 때부터 록 밴드에 몸담았고 스물한 살 때 결성한 밴드에서 싱어송라이터로 활동해 왔다. 첫 번째 앨범의 수록곡 중 한 곡이 극장판 애니메이션에 삽입된 것을 계기로 소수의 마니아들 사이에 이름을 알리기 시작한 후에, 딱 한 곡이지만 히트곡을 내놓은 적도 있었다. 향수를 자극하는 서정적인 멜로디의 록발라드곡이었다. 그 곡으로 밴드는 '가요톱텐'에 출연하기도 했다. 물론 그것은 '가요톱텐'이라는 프로그램이 방영되던 시절의 이야기였다. 아빠는 그런 호시절이 언제든 다시 올 수 있다고 믿었다. 진정한 밴드 음악이란 세대를 초월하는 힘을 가지고 있으니까. 술을 딱 끊고 제대로 된 곡을 한 곡 뽑아내기만 하면 불가능할 것도 없다고 했다. 처음에는 인주도 아빠를 믿었다. 대략 중학교 2학년 때쯤까지는 온 힘을 다해 믿었다. 그다음부터는 아빠의 약속을 조금씩 덜 믿기 위해, 실망의 크기를 줄이기 위해 애썼다.

"하나밖에 없는 딸이 아빠를 믿어 줘야 힘을 내지."

"난 항상 믿어. 믿으니까 잘 만들어 봐. 완성하면 들으러 갈게."

수화기 너머로 다시 엄마의 목소리가 들렸다. 이번에는 내용이 대강 파악됐다. 인주의 고집은 누구도 꺾지 못하니 내버려 두라는 것이었다. 물론이지, 인주는 고개를 끄덕였다. 못 간다고 분명하게 말했으니 번복은 없다. 다만 다음 주 중에 엄마의 계좌로 용돈 정도는 부칠 계획이었다.

"고집 있는 거 누가 모르나."

아빠는 엄마를 향해 말하고 다시 인주에게 푸념했다.

"어른이 이렇게까지 통사정을 하는데 말이야."

"통사정하던 사람한테 불벼락 맞는 게 내 일이잖아. 좋은 게 좋은 거라고 맘에 없는 소리 하면 공무원이 거짓말 친다고 불벼락이 떨어져. 아닌 건 아니라고 해야지."

"그래도 공무원은 평생직장이니까. 너도 잘 버텨야……."

"그 얘기 할 줄 알았어, 끊어."

일방적으로 통화를 마쳤지만 인주는 아빠에게 그다지 미안하지 않았다. 아빠의 직장 경험은 지인의 인테리어 사무실에서 딱 일주일 일한 것, 그리고 외삼촌네 일식집에서 (새 인생을 살겠다며 삭발까지 감행해 놓고는) 석달도 버티지 못하고 도망친 것이 전부였다. 그런 아빠가 평생직장의 가치를 강조하는 행태의 모순을 굳이 지적하는 게 더 야박한 일일 터였다.

그런가 하면 인주는 '불벼락'에 대해 구체적으로 언

급하는 것 또한 못 할 짓이라고 여겼다. 민원인들을 상대하며 겪는 일의 전말을 듣는다면 아빠는 분명 상처받을 테니까. 게다가 그것을 핑계 삼아 또 술을 물처럼 들이켜 엉망으로 취하리라는 게 빤히 예상되었으므로.

인주가 만난 악성 민원인 중 상당수도 술에 취한 상태였다. 그들은 자신이 던진 질문에 대한 대답을 끝까지 듣지도 않고 다짜고짜 소리를 지르며 욕설부터 내뱉었다. 그야말로 '불벼락' 그 자체였다.

공시생 시절에 인주는 주민센터에서 근무하는 선배가 들려주던 민원에 관련된 고충을 최대한 단순하게 받아들이기 위해 애썼다. 어디에나 흔히 말하는 갑질도, 진상도, 괜히 시비 거는 사람도 있기 마련이라고 말이다. 그러나 자신의 예상이 안이했다는 사실을 알게 되는 데는 그리 오랜 시간이 걸리지 않았다.

이를테면 인주의 상상에서 공무원이 진상 민원인을 대면하는 일이란 길을 걷다가 어깨를 부딪쳤는데 일방적으로 사과를 해야 하는 상황 같은 것이었다. 불쾌한 게 당연하지만 붐비는 길을 걷다 보면 일어나곤 하는 일이니 요령껏 넘기도록 애쓸 수밖에 없는 것이리라고 당시의 인주는 생각했다.

그러나 실제로 인주가 겪는 일들은 그러한 앞뒤 맥락이 제거돼 있는 경우가 더 많았다. 불벼락을 맞는 일은 길을 걷다가 어깨를 부딪치는 일보다는, 난데없이 뺨을 맞거나 복부를 가격당하는 일에 더 가까웠다. 그런데도 사과를 받기는커녕 먼저 사과해야 하고, 때로는 훈계까지 들어야 하는 일이었다. 인주에게 주어져 있는 공식적인 반격의 도구는 오로지 하나뿐이었다. 자신이 해 줄 수 없는 일에 대해 명확히 밝히는 것. 그 외에는 없었다.

　그러한 최소한의 자기방어에만 능숙해져도 어느새 주변 사람들로부터 '쎈캐'가 됐다는 말을 들었다. 하지만 내상이 남았다. 속이 곪아 갔다. 기를 쓰고 눈물을 참으며 벌벌 떠는 일이 줄어드는 대신 전에는 웃고 넘길 수도 있었던 일에도 신경이 곤두섰다. 자신은 분명 '선생님'이라고 호명한 민원인에게서 '아가씨'라는 호칭만 들어도, 당직 중에 전화 벨소리만 울려도 숨이 막혔다. 자신이 나고 자란 도시 안에 이다지도 악을 쓰고 억지를 부리는 사람들이 많은 것인지 놀라울 뿐이었다.

　인주는 그럼에도 불구하고 공무원인 게 어디냐고, 언제 잘릴지 모르는 회사원보다는 공무원이 낫다는 이야기를 반복해서 듣는 일에도 신물이 났다. 그런데 모두가 그렇게 말했다. 한평생 안정적인 경제 활동을 해 본 경험이 없는 아빠도, 그런 아빠 때문에 잠을 줄여 가며 일해야 했던 엄마도, 스쳐 지나가는 사람도, 퍽 가까운 지인들도 그 말만 거듭했다. 공무원이 자살하거나 과로사했다는 뉴스가 나오면 며칠 잠잠하다가 일주일쯤 지나면 다시 반복됐다.

그로 인해 인주는 공무원이 된 지 석 달쯤 지났을 때부터 이 모든 일에서 벗어나는 길은 직장을 그만두는 것밖에는 없으리라고 여겼다. 하지만 그만둘 자신이 없었다. 어렵게 얻은 직장에서 석 달 만에 도망쳐 나오는 일은 아빠 같은 사람이나 할 수 있는 것이었다. 인주는 자신에게도 아빠처럼 손쓸 도리 없이 나약한 면이 있는 게 아닐까 하는 생각만으로도 신경이 곤두서서 잠을 설치는 사람이었다.

뒤숭숭한 꿈속을 헤매다 수면 부족으로 일어나서 출근 준비를 할 때면 인주는 마음을 다잡기 위해 먼 미래를 그려 봤다. 은퇴 이후의 삶. 부유하지는 않을지라도 안정적이고 편안한 모습을. 노인이 된 자신은 낯모르는 복지과 공무원에게 억지를 부리며 호통치는 일 따위는 결코 하지 않을 것이다. 단돈 몇만 원의 현금이 아쉬워 딸에게 용돈을 기대하며 치대는 일은 없을 것이다. 인주는 이를 악물고 매일 아침 주민센터의 문을 열며 오직 먼 미래만을 떠올렸다. 그즈음 인주가 가까운 미래에 대해 고민하는 것은 단 한 가지, 여름휴가뿐이었다. 이 모든 반복에서 벗어나 낯모르는 이들 사이에서 조용하게만 지낼 수 있다면 어디든 좋았으므로, 인주는 날짜와 가격대만 맞춰서 항공권과 호텔 예약을 해치웠다. 그 날을 기다리며 하루하루를 버텼다.

고대하던 여름휴가 첫날에 일어난 일을 인주는 지금도 또렷하게 기억한다.

그날 아침, 탑승 수속을 마친 인주는 공항 안 카페에서 녹차를 주문했다. 눈앞이 부옇고 머릿속이 신산스러웠다. 그토록 기다려 온 휴가이건만 여전히 주민센터 안에 앉아 있는 것만 같았다. 전날 오후에 민원인에게 들은 말들 때문이었다. 십여 분간 들었던, 쌍시옷 글자가 잔뜩 박힌 말들이 수시로 떠올랐다. 뜨거운 물이 담긴 잔과 티백을 받아 든 인주의 손이 가볍게 떨렸다. 얼른 따뜻한 차를 마셔야겠다고 서두르던 인주는 그만 티백이 담긴 봉지뿐 아니라 티백 자체까지 찢고 말았다. 일 센티쯤 벌어진 티백을 살그머니 잔 안에 집어넣었지만 잔을 들어 올리자 찻잎이 소용돌이치며 떠올랐다.

마음속에서 솟구치는 쌍시옷 글자를 밀어내듯 찻잔

을 옆으로 치우고 인주는 여권을 꺼냈다. 그러고 여권 사이에 끼워 둔 항공권을 집어 들었을 때 인주는 자신의 눈을 의심했다.

설마, 잘못 봤겠지. 인주는 스스로를 달래듯 침착하게 심호흡하며 다시 한 번 항공권을 확인했다. 한 글자 한 글자 짚어 가며 보아도 결과는 마찬가지였다. 이름 옆의 성별 표기가 MR, 즉 남성으로 표기돼 있었다. 이것은 그 어떤 쌍시옷 글자로도 해결이 나지 않는 일이었다. 인주는 기가 막혔다.

직접 티켓을 구매했기 때문에 원망할 수 있는 대상은 자기 자신뿐이었다. 인주는 한숨을 푹푹 쉬며 항공사 카운터로 향했다. 인주가 구매한 티켓은 특가 상품이라 환불이 불가했으므로 최악의 경우 티켓을 다시 구매해야 할 터였다. 잠시 멈춰 서서 대략의 항공권 가격을 검색해 봤다. 막바지라고는 하지만 여름휴가 기간이었으므로 새로 티켓을 사려면 지금 가지고 있는 티켓 가격의 두 배 가까운 금액을 치러야 했다. 차라리 가지 말까, 인주는 일순 그렇게 생각했다가 호텔 역시 환불이 불가한 조건이었다는 사실을 떠올렸다.

맥이 풀린 인주는 터벅터벅 항공사 카운터 앞으로 갔고, 거기에는 어림잡아도 쉰 명은 넘는 사람들이 늘어서 있었다. 줄 끝에 서서 기다릴 시간은 없었다. 그렇다고 막무가내로 자기 사정을 봐 달라고 목소리를 높이고 억지를 쓰는 것은 불가능한 일이었다. 바로 그런 민원인들이 평소에 자신을 괴롭혀 왔다는 사실을 모른 척할 수 없었기 때문이었다.

그때 인주의 머릿속에는 문득, 운명이라는 거창한 단어가 떠올랐다. 운명에 맡길 수밖에는 없지 않은가, 하는 생각이 든 것이었다. 지금까지의 기억을 되새겨 보건대 검색대에서는 주로 얼굴과 이름을 확인하는 것 같았으니 그냥 넘어갈지도 모른다고 말이다.

인주는 곧장 출국장으로 향하는 줄 끝에 섰고 턱선 아래에서 찰랑거리는 머리카락을 꽁지머리처럼 꽉 잡아 묶었다. 어쩐지 그 정도는 해야 할 것 같았다. 작은 큐빅이 박힌 귀걸이도 빼려고 집었다가 도로 손을 내렸다. 어쩌면 그런 행동이 더 눈에 띌 수도 있겠다는 판단이 들었기 때문이었다. 아무렇지 않은 듯 행동해야 한다는 생각이 들었고 그 점을 의식하고 있자니 더욱 긴장돼 식은땀이 난 손에서 미끄러진 기내용 캐리어가 오십 센티쯤 굴러갔다. 뒤편에 선 외국인이 재빨리 잡아 주었지만 목이 타서 고맙다는 말도 제대로 나오지 않았다. 인주는 "땡큐." 하고 작게 말한 뒤에 재빨리 정면을 바라봤다. 자신이 무척 어색하게 행동하고 있다는 게 느껴졌으나 당장 할 수 있는 일이라고는 다시 캐리어를 놓치지 않도록 오른손에 힘을 주는 것뿐이었다. 출국장의 유리문 앞에 한 발 한 발 가까워질수록 어지럼증마저 일었다.

항공권을 건네고, 기계에 인식시키고, 가벼운 목례와 함께 항공권을 돌려받는 일련의 과정은 순식간에 지나갔다. 인주는 콧잔등에 배인 땀을 훔쳤다.

보안 검색대를 평소와 같이 통과하자 출국 심사를 받을 차례였다. 인주는 텔레파시를 보내듯 속으로 문제없어, 문제없어, 하고 되뇌며 시선을 내리깔았다. 그러다 자칫 시선을 피하는 것으로 보일지 모른다는 데 생각이 미쳤고, 고개를 들었다. 살짝 미소 지으며 검지의 지문을 인식시켰다. 상대의 표정은 아무런 변화도 없었다. 그녀는 고개를 살짝 갸웃하더니 코끝을 찡긋거렸다. 그러고 인주의 여권을 돌려주었다.

"감사합니다."

인주의 입에서 자기도 모르게 그런 말이 나왔다. 탑승동 쪽으로 발을 내딛자 해방감이 몰려왔다. 기진맥진했던 인주는 비행기가 이륙하자마자 잠들었으며 중간에 한 번도 깨지 않았다. 비행기 안에서 그렇게 푹 잔 것은 난생처음이었다.

그 덕에 비행기에서 내렸을 때 인주는 전에 없이 상쾌한 기분을 맛봤다. 숙면을 취한 몸은 가벼웠으며 더 이상은 긴장할 일이 없었다. 마음속을 할퀴던 쌍시옷 글자들은 어느새 가늠할 수 없을 만큼 멀리 물러나 있었다. 택시를 잡기 위해 공항 건물 밖으로 나왔더니 여름밤 특유의 선선한 바람이 코끝을 스쳤다. 문득 인주는 외국에서 한밤중에 혼자 택시를 타는 것이 처음이라는 데 생각이 미쳤다. 캐리어의 손잡이를 쥔 손에 절로 힘이 들어갔다. 그러나 다음 순간에 아니야, 괜찮을 거야, 하며 빙그레 미소 지었다. 남자로 바뀌어서 온 여행이니까. 인주는 그렇게 되뇌면서 택시 승강장 쪽으로 걸음을 내디뎠다.

여행 마지막 날에 가벼운 오해가 한 번 더 있었다. 서점 한편에 비치된 문구류를 구경하던 인주를 스쳐 지나가던 점원이 그녀에게 학생이냐고 물은 것이다. 인주는 묘한 기분에 이끌려 그렇다고 대답했다. 그리고 학생으로 돌아간 양 문구류를 꼼꼼히 살피고 노트와 펜을 하나씩 골랐다. 가로세로가 한 뼘을 조금 넘는 얇은 노트의 표지에는 사원 앞에서 합장한 채 기도하고 있는 코끼리 그림이 그려져 있었다.

인주가 값을 치르자 점원이 좋은 여행이 되길 바란다며 미소 지었다. 실은 이제 여행이 끝나 가는 시점이었지만, 그 순간 인주의 마음을 채운 것은 안타까운 감정이 아니었다. 성별이 뒤바뀐 채 시작한 여행이 시간을 한참 거슬러 올라가서 마무리되는 것 같았기 때문이었다. 그때 느낀 근사한 기분을 인주는 노트에 기록해 뒀다.

휴가를 마친 뒤에 인주는 한동안 휴가지에서 차곡차곡 비축해 둔 여유를 연료 삼아 평소보다 기운찬 모습으로 민원인들을 대했다. "아가씨 참 싹싹하네."라는 칭찬도 몇 차례 들었다. 기왕 칭찬을 건넬 것이면 아가씨라고 부르지 않았으면 싶었지만, 그 정도는 한숨 쉬듯 심호흡을 한 번 하는 것으로 날려 버릴 수 있었다.

하지만 한 달가량 지나자 어느새 여행 전처럼 매일이 버거워졌다. 인주는 주말을 이용해 강릉에 다녀올 계획을 세웠고, 지난 여행지에서 산 뒤 그간 잊고 지내던 코끼리 노트를 오랜만에 펼쳐 봤다. 다른 삶을 맛볼 수도 있지 않을까, 하고 인주는 생각했다. 최소한 강릉에 머무는 하루 동안만이라도.

27세.
벌써 두 아이의 엄마.
육아에 대한 피로도가 극에 달했다가 정말 오랜만에
휴가를 얻음.

그것이 강릉에 머무는 시간 동안 인주가 맛본 삶의 형태였다. 인주의 이야기를 들은 사람들은 "애기 엄마 오늘 하루는 아주 홀가분하겠네."라는 말을 연발했고, 그 말을 들을 때마다 인주의 마음은 점점 더 홀가분해졌다.

다시 한 달 뒤에, 인주는 속세와 연이 없는 사람 같은 분위기를 풍기며 수원 화성 주변을 거닐었다. 부산을 여행했을 때는 서른여덟의 나이가 되어 동안의 비결을 묻는 이들의 찬사를 들었다. 한국에 오 년 만에 방문하는 유학생이 됐던 제주도 여행에서는 빼어난 자연 풍경과 신선한 해산물을 접할 때마다 커다란 제스처를 취해 가며 셀 수 없을 만큼 자주 감탄사를 내뱉었다.

이 같은 하루를 보내는 데 다른 지역으로의 여행이 필수 요소가 아님을 깨닫게 된 것은 최근의 일이었다. 서울은 크다는 말로는 설명이 부족할 만큼 거대한 도시였고 인주에게 익숙한 거리는 본가 주변과 자신이 졸업한 대학교 주변, 몇몇 번화가, 지금 근무하는 주민센터 근처뿐이었던 것이다. 지하철 2호선을 이루는 역만 하더라도 인주가 그때까지 이용해 본 역은 전체의 반의반도 되지 않았다.

그리하여 인주는 주말이면 곧잘 지금껏 한 번도 내려 보지 않은 역에 내려서 목적지를 정해 두지 않고 무작

정 걸었다. 그러다 무료해지면 미용실에 들어가서 머리를 다듬기도 했다. 미용실은 신상에 대해 가벼운 대화를 나누기에 최적의 공간 중 하나이기 때문이었다. 생활비에 여유가 있다면 네일 아트를 받으며 대화를 나누기도 했다.

백화점이나 대형마트의 건강식품, 유기농식품, 전통차 코너는 대체로 한적한 데다 점원의 다수가 중년 여성이어서 편안하게 이야기를 나눌 기회가 잦았다. 빈티지숍, 작은 공방, 문구점 등도 자주 발길이 멈추는 곳이었다. 축하할 일을 앞둔 사람이 되고 싶은 날에는 디저트를 판매하는 소규모 개인 매장으로 향했다. 오래도록 걷고 짧은 대화를 나누며 인주는 지금과는 다른 형태로 살고 있는 인물이 됐다. 무대에 서듯 다른 사람이 된 채로 미소 짓거나 한숨 쉬었고, 위로와 응원의 말을 들었으며 부러움을 사기도 했다.

인주는 가로수 밑동에 시선을 둔 채로 한숨을 쉬었다. 아빠에게 전하지 않은 말을 그것으로 날려 보내고 그녀는 다시 서른세 살의 복숭아 알레르기가 있는 공시생으로 돌아왔다.

주류 판매점의 사장은 입구에서 한 발짝쯤 떨어진

곳에서 삼십 대 초반으로 보이는 남자와 대화를 나누고 있었다. 실내로 돌아온 인주와 눈이 마주치자 사장은 "어서 오세요. 여쭤보세요."라고 인사를 건넨 뒤에 "아, 좀 전의 그 아가씨네." 하고 미소 짓더니 남자와의 대화를 이어 갔다. 집에서 마가리타를 마시고 싶은데 만들 자신이 없다는 남자의 말에 사장은 "아예 데킬라 슈터에 재미를 붙여 보세요. 간단하잖아." 하고 말했다.

"슈터가 데킬라 마시고 레몬이랑 소금이랑 먹는 건가요?"

남자가 물었다.

"그렇지! 집에 소금은 다 있으니까 레몬만 사서 드셔봐. 요거 차갑게 해 가지고 한 모금만 탁 털어 넣으면, 깔끔하고 짜릿짜릿하다고 그러잖아요. 부어라 마셔라 하는 것보다."

사장은 슈터만큼이나 간단한 음용법이 하나 더 있다며 데킬라 슬래머를 즐기는 법에 대해서도 설명했다. 그러자 남자는 구미가 동하는 듯 고개를 끄덕이더니 사장이 추천하는 호세쿠엘보를 받아 들었다. 인주는 황금빛 데킬라 병을 바라보며 깔끔하고 짜릿하다는 말을 곱씹었다. 매력적이었다. 하지만 공시생인 인주에게 4만 원가량의 가격대는 부담스러운 것이었다. 그래서 곁으로 다가

와 "어때요?" 하고 묻는 사장에게 "영화에서만 보고 한 번도 안 마셔 봐서 궁금하긴 한데요." 하고 애매한 미소를 지었다. 그러자 사장이 카운터 쪽으로 돌아가더니 같은 술이지만 손가락 두 개만 한 크기의 앙증맞은 미니어처를 가지고 왔다.

"이런 것도 있어요."

사장이 눈웃음을 지었다.

"되게 귀엽게 생겼네요."

"쪼꼬매도 이게 속에 든 건 똑같아요. 그러니까 맛이나 한번 보는 거지 뭐. 공부 잘 안 돼서 일찍 자 버리자, 하는 날 탁! 털어 넣어. 마셔 보고 입에 맞으면, 얼른 시험 붙어서 또 사러 와요."

"그럼, 그럴까요."

인주는 50ml 병에 담긴 데킬라의 값을 치르고 그곳에서 나왔다. 미니어처 병은 재킷 위에 가로질러 맨 핸드백 속, 노트와 휴대폰 사이의 작은 틈 안에 쏙 들어갔다. 이제 또 어디로 가 볼까. 인주는 거리를 둘러봤다. 단지 복숭아만 조심한다면, 그녀는 어디든 갈 수 있었다. 오늘 택한 삶을 한 모금 더 맛보기 위해서 인주는 역에서부터 걸어온 방향과 반대쪽으로 걸어가기 시작했다.

✿ 테이스팅 노트

호세쿠엘보 에스페샬

제조국 **멕시코** / 도수 **40도**

인터넷 검색을 통해 얻은 정보

용기 겉면에 성에가 생길 만큼 차갑게 보관해 마시면 아가베 향이 날아가지 않아 병입된 시점 그대로의 향과 맛을 즐길 수 있다.

상온에 두고 마시던 데킬라를 냉동실에 뒀다 꺼내 마셨더니 실제로 맛과 향이 선명해졌다. 그 차이는 미지근한 과일과 시원한 과일이 주는 간극에 비할 만했다. 맑고 옅은 금빛. 얼핏 새콤한 듯한, 오렌지필에 가까운 시트러스 계열의 향과 꿀의 향기. 여기에 일반적으로 허브를 떠올리게 되는 향과는 거리가 있는 미묘한 풀 내음이 난다. 아마도 이 풀 내음은 데킬라의 원료가 된다는 아가베의 향인 듯하다. 중간 정도의 바디감에 단맛은 은근하고 부드럽게 느껴진다. 꿀꺽 삼키고 나면 입안에 남는 맛이 없이 어렴풋한 풀 내음에 알콜 기운만 감돈다.
문득 레몬이 아닌 다른 과일과의 조화는 어떨까 하는 궁금증이 들어서 마침 집에 있던 귤을 활용해 봤다. 귤 한 개 분량의 즙 30ml에 동량의 데킬라를 섞자 화사한 주황빛에 목 넘김 후에는 입안에 산뜻한 과즙의 풍미가 남는 초간단 칵테일이 됐다. 추측건대 대다수의 데킬라는 시트러스 계열의 과일 주스나 즙에는 어디나 어울릴 듯하다.

인주는 이 술의 50ml 미니어처 병을 냉동실에 넣어 뒀다가 두 모금에 걸쳐 안주 없이 들이켰다. 빠르게 취기가 돌자 아빠 생각이 난 인주는 '아빠, 나도 오늘은 한잔했어'라는 메시지를 썼지만 전송하지 않았다. 그 뒤로도 썼다 지우기를 여러 번, 결국 인주는 이렇게 적었다.
술을 매일 마시지 말고, 하루걸러 하루는 참아 봐, 아빠. 한 방에 끊겠다고 큰소리쳤다가 못 지키지 말고 거기서부터 시작해 보라고. 응?

엔드 데이

회사 근처 단골 카페가 막창집으로 바뀐 것은 올해 초의 일이었다. 윤선은 방긋 웃는 돼지 얼굴이 그려진 막 창집 간판을 볼 때마다 마음이 헛헛했다. 어쩐지 자주 만 나던 동네 친구가 불쑥 이사를 떠나 버린 느낌이 들었다. 다시 정을 붙이고 드나들 카페를 찾았으면 했으므로 몇 달째 틈날 때마다 회사와 집 주변의 카페를 기웃거렸다. 하지만 좀처럼 마음에 쏙 드는 곳이 없었다. 그러다 넉 달 만에 윤선은 드디어 여기다 싶은 카페를 만났다.

카페 안으로 들어선 순간 맨 먼저 윤선을 반겨 준 것 은 실내를 채우고 있는 그윽한 커피 향기였다. 윤선의 시 선은 먼저 모노톤의 커피 잔과 커피 용품이 가지런히 늘 어서 있는 찬장으로, 청결해 보이는 원목 카운터로, 세 가 지 종류의 케이크와 베이글이 자리한 쇼케이스로 이동했 다. 실내에는 올드팝이 잔잔하게 흐르고 있었고 사람들 의 말소리 역시 나직했다. 주문을 마치고 창가 자리에 앉 자 적당히 푹신한 소파의 등받이가 편안하게 허리를 받 쳐 줬다.

"커피 나왔습니다. 맛있게 드십시오."

호텔리어라도 된 양 절도 있는 몸짓으로 커피 잔과 케이크 접시를 윤선 앞으로 내려놓으며 찬혁이 말했다. 그 말이 윤선에게는 "긴긴 한 주가 드디어 끝났습니다. 이제 쉬세요."라는 말로 들렸다.

취향에 꼭 맞는 카페를 찾아내고, 형에게 자가용을 빌려서 회사 앞까지 태우러 온 연인의 옆얼굴을 윤선은 가만히 바라봤다. 새삼 애정이 샘솟았다. 그러지 않을 도리가 없었다.

이윽고 윤선은 커피 잔 가까이 얼굴을 대고 입김을 불어 넣었다. 입술을 좌우로 움찔거리며 천천히 다섯 번쯤 분 뒤 잠시 뜸을 들였다가 열 번을 채웠다. 그런 윤선을 보며 찬혁은 "얼음 한 조각 얻어 올까?" 하고 물었다.

윤선은 허탈하게 웃었다. 그녀는 한 달째 커피를 식혀서 마시면서도 찬혁이 일깨워 주기 전에는 그 방법을 떠올리지 못했다.

"그만 미루고 치과 가."

찬혁은 사뭇 진지한 표정을 짓고 말했다.

"싫은데."

"애처럼 그럴래? 그러다가 신경치료까지 가. 송곳니 옆이잖아. 거기 금으로 씌우면 웃을 때마다 보일걸."

윤선은 불길한 소리 하지 말라는 듯 찬혁을 흘겨본 뒤에 잔을 들었다. 커피 한 모금을 입안에 머금자 기분 좋은 쌉싸름함이 감돌았고, 삼킨 뒤에는 달콤한 듯 구수한 여운이 남았다. 그 순간의 만족감을 방해하는 요소가 있다면 단 한 가지, 송곳니 옆쪽 치아에 퍼지는 욱신거리는 듯한 자극뿐이었다.

"회사나 집 가까운 데 갈 만한 치과 있는지 내가 알아봐 줄까?"

"어차피 갈 시간도 없어."

찬혁은 또 그 핑계, 하는 표정을 지으며 웃었다. 핑계를 대는 게 맞았다. 하지만 그것은 엄연히 사실에 입각한 핑계였다.

윤선의 직장은 기업의 홈페이지나 애플리케이션의 리뉴얼 작업을 대행하는 웹에이전시였다. 프로젝트 마감일인 '엔드 데이'가 다가오면 언제나 주말 출근이 이어졌는데 이번 작업은 유독 엔드 데이까지의 일정이 촉박했다. 지난 한 달간 출근하지 않은 날이 딱 하루뿐이었다. 그 단 하루의 휴일 전날에는 어김없이 회식을 했다.

중국집과 차이니즈 레스토랑의 중간쯤 되는 그곳에서 인턴 한 명이 고량주를 소주처럼 연거푸 들이켜더니 순식간에 인사불성이 됐다. 그는 감기는 눈을 부릅뜨고 연이은 주말 출근에 관해 따졌다. "과장님, 전 이렇게는 못 살겠어요. 강제로 이렇게 일하다가는 정말 오십까지도 못 살 것 같아요." 하며 눈물까지 글썽였다. 필름이 끊겨서 자신이 벌인 일을 기억하지 못하는 그에게 윤선은 굳이 기억을 되살리려 애쓸 것 없다고 일렀다. 다만 때때로 놀리듯이 '고량주 열사'라고 불렀다.

회식 자리의 해프닝으로 넘어가리라 생각했지만 격한 항의를 들은 최 과장은 나름 충격을 받은 모양이었다. 그다음 주 토요일이 돌아왔을 때 "강제로 못하겠으면 각자 본인이 정해. 넌 내일 나올 거야 말 거야?" 하고 물었던 것이다. 윤선 앞의 두 명은 한숨만 쉴 뿐 제대로 대답을 못했다.

아, 이렇게 밀리면 끝인데. 윤선은 초조했다. 물론 못하겠다고 대답해서 선을 긋는 것으로 주말 출근 자체에서 해방될 수 없다는 사실은 알고 있었다. 그러나 앞으로 주말에 출근할 때마다, 자신의 의지로 선택해서 나온 것 아니냐는 말을 들을 수는 없었다. 윤선은 마음을 다잡고 천천히 심호흡했다.

"윤선 대리. 내일 어떻게 할 거야? 나올 거야?"

"아니요. 저는 일요일 하루라도 쉬어야겠어요. 과장님."

"허, 아주 숨도 안 쉬고 말씀하신다?"

'죄송합니다' 정도는 붙일 걸 그랬나 고민하던 와중에 최 과장은 옆자리로 옮겨서 같은 질문을 했다. 예의 고량주 열사의 차례가 오자 사무실 안에는 정적이 흘렀다.

그게 부담스러웠는지 고량주 열사는 "저기 그게……." 하고 뜸만 들였다.

"멋대로들 해. 엔드 데이 못 맞췄다고 손해 배상 한 번 맞아 봐, 어디! 그래야 정신들 차리지!"

최 과장은 그 말을 끝으로 일부러 그러는 듯 문을 세게 닫고 사무실에서 나갔다. 고량주 열사가 문이 부서지겠다고 중얼거렸지만 윤선의 생각은 달랐다. 오 년 전에 본가에서 원룸으로 독립해 나오기 전까지 수십 년간 관찰한 결과가 그랬다. 문이라는 것은 그렇게 간단히 부서지도록 만들어지지 않았다. 윤선의 아버지는 툭 하면 세차게 방문을 닫고, 현관문을 닫고, 차 문을 닫고 밖으로 나갔지만, 그중 부서진 문은 단 한 개도 없었다.

"원래 쾅쾅 닫는 건 소리만 요란한 거거든. 그래서 우리 아빠도 자기 입으로 '내가 누굴 쥐어 팬 적이 있기를 하냐, 뭘 때려 부수기를 했냐.' 하고 뻔뻔하게 말하는 거거든."

"어릴 때 많이 무서웠겠다."

"어릴 땐. 중3쯤 되니까 무섭지도 않더라고. 아, 이런 얘기 그만하고 케이크나 먹자. 시간 아까워."

윤선이 포크를 든 순간 기다렸다는 듯 그녀의 휴대

폰 벨이 울렸다. 엄마가 건 전화였다. 엄마와의 통화는 대개 '술만 한잔 들어갔다 하면 나오는 느이 아빠의 성질머리'에 대한 한탄으로 이삼십 분 이상씩 늘어졌으므로 지금은 받고 싶지 않았다. 윤선이 휴대폰 벨 소리를 무음으로 바꾸려 마음먹은 순간 찬혁이 "여기 조용하니까 벨 소리 진동으로 바꾸는 게 매너겠지?" 하고 다짐을 받듯 물었다. 그러자 윤선은 보란 듯이 휴대폰 배터리를 분리해 버렸다.

"됐어? 케이크 먹자고. 케이크."

윤선은 흙빛에 가까울 정도로 짙은 갈색의 초콜릿 케이크를 큼지막하게 떠서 입안에 넣었다. 그 순간 윤선은 일 초 전에 비해 한결 너그러운 사람이 됐다. 순간적으로 뾰족하게 치솟았던 마음의 끄트머리에 진하고 달콤한 크림이 스며들었기 때문이다. 그 위로 다시 한 모금의 커피를 흘려 넣었다. 초콜릿 크림의 묵직한 단맛과 커피에서 느껴지는 달콤 쌉쌀한 여운. 방금 전까지 간절히 원하던 것이 가장 원하는 형태로 입안에 번갈아 가며 들어왔다. 윤선은 이 카페가 정말로 마음에 들었다.

바로 그때, 그 노래가 흘러나오기 시작했다. 윤선은 십 대 초반 어느 해 여름밤에 그 곡을 반복해서 듣던 기억을 떠올렸다. 앞머리를 간질이는 선선한 바람에 한낮의

무더위가 거짓말처럼 느껴지는 밤이었다. 헤드폰을 끼고 있던 윤선은 마음속으로 '우린 결코 두렵지 않아'라는 후렴구를 작은 소리로 따라 부르며 볼륨을 최대로 올렸다. 그러자 마치 총소리처럼 탕 탕 울리는 드럼 소리에 맞춰 빗장뼈 반 뼘쯤 아래에 진동이 느껴졌다.

"이 노래 진짜 오랜만이다. 그치? 제목이 뭐더라? OST였던가? 맞아, 어떤 애니에 나온 노래였다. 그치!"

윤선이 묻자 휴대폰을 들여다보고 있던 찬혁이 "응?" 하고 고개를 들었다.

윤선은 됐으니 내가 찾아보겠다는 의미를 담아 오른손을 휘휘 젓고는 휴대폰을 들어 배터리를 도로 끼워 넣었다. 반 박자 늦게 윤선의 말을 알아들은 찬혁이 "아, 노래 제목 궁금하다고?"라고 반문하더니 "내가 찾아볼게. 이것 좀 보고 있어. 우리도 이 단체에다 정기 후원하면 좋겠다." 하고 윤선에게 유투브 주소가 링크로 걸린 메시지를 보내왔다.

별생각 없이 링크를 열었을 때 윤선은 휴대폰을 집어던질 뻔했다. 물론 실제로 집어던지지는 않았다. 대신 휴대폰을 탁자 위에 소리 나게 내려놓았다. 그 소리에 놀란 찬혁이 "왜 그래……." 하며 윤선의 눈치를 봤다.

겸연쩍은 얼굴이 된 찬혁은 예고도 없이 잔혹한 이

미지를 들이민 것에 대해 사과했다. 그는 방금 전에 트위터에서 그 영상을 보게 됐다며, 우리가 이토록 편하게 즐기는 커피와 케이크를 위해서 지구 저편의 아이들이 겪고 있는 일들의 참혹함을 도저히 모른 척할 수 없었다고 말했다.

윤선은 찬혁의 입장을 이해했다. 언어재활사인 그의 업무 시간은 대부분 어린아이들에게 할애돼 있었다. 그러니 아이가 있는 부모들이 그러하듯 영상에 등장하는 아이들의 고통이 생생히 와닿았을 것이다. 그 감정을 윤선 역시 모르는 바가 아니었다. 하지만 그것을 굳이 지금 당장 알려야 할 필요는 없지 않은가. 찬혁이 문제의 영상에 대한 설명을 장황하게 이어 가는 사이에 윤선이 제목을 찾고 싶어 하던 노래는 끝나 버렸다.

다음 노래가 시작됐을 때 찬혁은 윤선에게 많이 화가 났느냐고, 무슨 말이라도 좀 해 보라고 말했다. 윤선은 만약 지금 당장 눈앞에 얼음 조각이 있다면 커피가 든 잔이 아니라 자신의 정수리 위에 올려놓고 싶다고 생각하며 크게 한숨을 쉬었다.

"구제 불능이다, 너는."

윤선이 말했다.

"뭐라고?"

찬혁이 눈가를 찡그리며 되물었다.

"구제 불능이라고. 너 그 트윗 뭐로 봤어. 아이폰으로 봤잖아. 그건 어떻게 만드는데? 아이폰 조립하는 공장에서 지금까지 몇 명이 자살했는 줄 알아?"

"그래, 그건 네 말이 맞아. 그런데 사실 애플만 그런 게 아니라 스마트폰 만드는 대기업들이 다 그래서 좀 근본적으로……."

"야! 내가 지금 그 근본적인 얘기를 하고 싶지가 않다고. 토요일이잖아, 일단은 나도 좀 쉬어야겠다고. 그걸 그렇게 못 알아듣겠어?"

윤선은 목소리를 높일 생각이 없었지만 결과적으로 그렇게 됐다. 옆자리에 앉은 사람들이 윤선 쪽을 돌아봤고 그녀가 사과하기도 전에 찬혁이 미안하다고 연신 고개를 숙였다.

커피도, 케이크도 반 이상 남아 있었지만 윤선은 더는 그곳에 머물고 싶지 않았다. 자리에서 일어나 주차장 쪽으로 향하니 찬혁이 따라 나왔다. 윤선의 집으로 향하는 동안 두 사람 사이에는 한 마디의 말도 오가지 않았다. 짜증이 어느 정도 가라앉고 나서 윤선은 이제 슬슬 찬혁이 "그래, 나도 잘한 건 없어." 하고 말하리라고 예상했다. 하지만 사십여 분간 차 안에는 내비게이션의 안내 음성만 들릴 뿐이었다.

차에서 내린 직후에 윤선은 자신이 차 문을 좀 세게 닫은 것은 아닐까, 하는 생각을 했다. 하지만 께름칙한 기분으로 고개를 돌렸을 때 그녀를 태우고 왔던 차는 이미 시야에서 멀어져 가고 있었다.

두 사람이 사귀기로 하고 나서 "이제 내가 매일 아침마다 깨워 줄게."라고 찬혁이 말했을 때 윤선은 내심 그게 얼마나 갈까 싶었다. 윤선은 이전에도 그런 약속을 하는 남자를 몇 명 사귀어 봤다. 그러나 누군가의 목소리로 아침을 여는 게 익숙해질 즈음이 되면 모닝콜은 어김없이 흐지부지됐다. 그들 또한 야근을 하고 회식도 하니까, 하며 윤선도 불평하지 않았다. 다만 그들이 하나같이 윤선의 '성격'에 불만을 표하는 것은 받아들일 수가 없었다.

"너처럼 센 여자는 처음 봤어.", "누가 널 감당하겠냐.", "성질 좀 그만 부려!" 하는 이야기를 들을 때마다 윤선은 진짜 성질을 부리는 게 어떤 것인지 모르는구나, 하고 코웃음 쳤다. 싫으면 관두자고 차례차례 이별을 고했다.

반면에 찬혁은 아무리 피곤에 절고, 제대로 목소리가 나오지 않는 와중에도 모닝콜을 걸어 줬고 잠들기 직전의 통화도 빼놓지 않았다. 그게 석 달을 넘어갔을 때 느껐던 묘한 불안감을 윤선은 지금도 또렷하게 기억하고 있었다. 이렇게 익숙해져 버린 뒤에 그만두면 필시 후폭풍이 있을 것 같아서였다. 하지만 찬혁은 처음 약속을 한 뒤 이 년이 흐르는 동안에도 아침저녁으로 연락을 빠뜨리지 않았다.

특히 맥주라도 한잔 마신 날 밤이면 찬혁은 두서없이 이런저런 이야기를 이어 가다 어린 시절 얘기를 꺼내곤 했다. 그러면 대개 통화가 길어졌으므로 윤선은 얼굴에 시트팩을 붙이고 입술을 거의 벌리지 않은 상태로 응, 응, 하고 대답만 했다. 그러다 가끔은 "이제 형 얘기는 알았으니까 네 얘기를 해 봐." 하고 졸랐다.

현재는 검사가 된 찬혁의 형은 초중고 내내 전교에서 모르는 이가 없는 타고난 수재였다고 했다. 한 번 본 것은 머릿속에 스캔해 저장한 듯이 명료하게 기억해 내는 형에 비하면 자신은 너무 평범했다고 찬혁은 거듭 말했다. "장난해? 니네 학교도 명문이잖아." 하는 윤선의 말도 위로가 되지 않는 듯 "그건 그냥 재수한 게 대박 나서 그런 거야." 하고 대꾸했다. "재수는 쉬워? 너 내 동생이 삼수해서 어디 갔는지 알면서도 그런 말이 나와?" 하고 투정하듯 따지면 그제야 수화기 저편에서 웃음소리가 들려오곤 했다.

찝찝한 기분으로 집에 돌아온 윤선은 여느 토요일과 마찬가지로 이부자리에 누워서 텔레비전을 봤다. 열한 시부터 방영되는 시사 다큐멘터리 프로그램을 시청한 뒤에 찬혁과 통화를 하다가 잠드는 것은 근 일 년간 거의 매주 토요일마다 반복되는 패턴이었다. 살인 사건 피해자가 살았던 동네 주민이 변조된 음성으로 "아니, 그 여자가 워낙에 문제가 많았거든." 하는 모습을 보면서 윤선은 몇 시간 전에 카페에서 있었던 일을 반추해 봤다. 방송이 끝나 갈 즈음이 되자 가슴이 두근거리기 시작했다. 막연한 불안감의 원인이 구체화된 것은 텔레비전의 전원을 끈 뒤였다. 아마도 오늘 밤에는 찬혁이 전화를 걸어오지 않을 것 같다는 강한 예감이 든 것이었다. 윤선은 졸음을 참으며 그의 연락을 기다리고 싶지 않았다. 그래서 먼저 잔다는 메시지를 남기고 휴대폰을 꺼 둔 채 잠을 청했다.

　내리 열 시간을 잔 뒤에 일어나자마자 윤선은 집 근처 카페로 향했다. 주말이라 그런지 카페 안은 만석이었다. 구석 자리에 겨우 자리 잡은 윤선은 아메리카노가 담긴 큼지막한 머그잔을 받아 자리에 왔다가 다시 카운터로 되돌아갔다.

　"죄송한데요, 커피 안에 각얼음 하나만 넣어 주실 수 있으세요?"

뜨거운 커피 안에서 삽시간에 녹아 없어지는 얼음 조각을 물끄러미 바라보며 윤선은 못할 건 뭐야, 하는 생각을 했다. 찬혁과 만난 이 년은 결코 짧은 시간이 아니지만, 다시금 두어 달 만나다가 시들해지는 남자들을 전전해야 할지 모르지만, 새로 누굴 만날 시간이 나지 않아 그마저도 요원할지 모르지만, 그럼에도 찬혁과 헤어지지 못할 것도 없다고 말이다.

찬혁은 간밤에 윤선이 보낸 연락에 '잘 자'라는 두 글자로 답한 뒤 여태까지 아무런 기별이 없었다. 단박에 이별을 떠올리는 것은 성급한 일일지 모르겠으나 윤선은 이러다 그와 헤어질 수도 있다는 가능성을 염두에 두기로 했다.

기분 전환을 위해 윤선은 한 시간마다 자리를 옮기며 카페 세 군데를 돌았다. 실내 인테리어가 감각적이었던 첫 번째 카페에서 나온 뒤에 들어간 곳은 밀크티 맛이 좋았고, 세 번째 카페에서는 눈앞에서 융드립으로 커피를 내려 주는 바리스타를 구경하느라 시간 가는 줄 몰랐다. 그리고 점심 겸 저녁으로 혼자 즉석 떡볶이 이 인분을 거의 다 먹은 후에 부른 배가 꺼질 때까지 동네를 뱅글뱅글 돌았다. 집에 돌아온 뒤에는 평소보다 이른 시간에 잠자리에 들기로 했다.

종일 집 밖에 있었던 터라 피로감에 샤워를 하는 동안에는 내리 하품이 나왔지만 막상 침대에 눕자 외려 정신이 또렷해졌다. 윤선은 찬혁과 만난 지 이 년여 만에 처음으로 온종일 서로 어떤 연락도 취하지 않았다는 사실을 새삼 깨달았다. 사실 연락 자체는 그다지 중요한 게 아닐 수도 있었다. 그 공백의 시간 동안 자꾸 어제의 일을 떠올리게 된다는 게 문제였다.

치과 방문을 미루는 자신에게 "애 같다."라며 고개를 젓던 찬혁의 모습, 휴대폰 매너에 대해 주의를 주던 어투, 옆자리 사람들에게 고개를 숙이며 창피해하는 듯하던 표정까지 하나하나 곱씹으며 윤선은 속이 부글부글 끓었다. 만약 지금 찬혁이 연락을 해 온다면 너는 나한테 뭐가 그렇게 마음에 안 드는 게 많으냐고 따져 묻고 싶었다. 하지만 아마 오늘 밤에도 그는 연락을 해 오지 않을 것 같았다.

이런 식의 기 싸움은 정말 윤선과는 맞지 않았다. 윤선은 설령 감정이 다소 격해지거나 언성을 높이더라도 할 말은 해야 직성이 풀렸다. 문제는 그럴 때마다 윤선 혼자 이야기하게 된다는 점이었다. 찬혁은 일방적으로 혼나는 듯한 얼굴로 그녀의 안색만 살폈다. 결과적으로는 늘 윤선 혼자 열을 낸 꼴이 됐다. 또 그러고 싶지 않아서 어제 차 안에서는 신경질이 나는 것을 사십 분이나 꾹꾹 참았다. 그렇게 참고 참은 결과가 고작 이거라니. 윤선은 더는 못 참겠다는 듯 휴대폰을 집어 들었다. 그러다 통화 버튼을 누르려던 순간 마음을 바꿨다. 전화를 거는 대신 종종 집에 들르는 찬혁의 몫으로 둔 베개를 집어서 방문 쪽으로 있는 힘껏 내던졌다. 마음을 가라앉히고 잠을 청하려는데 이번에는 옆집에서 쿵쿵거리는 음악 소리가 들려왔다. 윤선은 옆집과 마주한 벽을 주먹 쥔 손으로 쾅쾅 두드린 뒤에 침대로 돌아와 머리끝까지 이불을 뒤집어썼다.

화요일 저녁에 동료들이 저녁 식사를 주문할 때만 하더라도 윤선은 입맛이 없었다. 식사 때를 놓친 뒤에 배를 곯으며 야근을 하고 집에 돌아와 허겁지겁 컵라면에 부을 물을 올리면서 윤선은 무엇이 정말로 중요한 일인지에 대해 생각했다. 어떤 일이 후회를 남기고, 어떤 일 앞에 신중해야 하는지에 대해서. 국물 한 방울 남기지 않고 라면을 먹는 동안 그 생각을 거듭하다 보니 살아가는 데 있어서 정말 중요한 것으로 분류할 만한 일은 그다지 많은 것 같지 않았고, 누가 먼저 연락을 하느냐 마느냐 하는 문제 역시 마찬가지인 것 같았다. 그러니 먼저 하지 못할 것도 없었다. 윤선은 더 이상 재고 따질 것 없이 잠들기 전에 찬혁에게 전화하기로 마음먹고 가뿐한 마음으로 욕실로 향했다.

그러나 샤워를 하고 나왔을 때 찬혁에게서 한발 앞서 메시지가 도착해 있었다. 피곤해서 먼저 잔다는 게 내용의 전부로, 다정하게 안부를 묻는 말이나 이모티콘 하나 없는 짧은 메시지였다. 김이 샌 윤선은 고작 '응'이라고 한 글자만을 적어 보냈다.

수요일의 점심 식사 메뉴는 쌀국수였다. 식사 후 들른 카페에서 아이스 아메리카노를 사 온 윤선은 사무실에 돌아와 얼음을 깨물어 먹다가 왼쪽 송곳니 옆으로 난 치아에 날카로운 통증을 느꼈다. 그 후로는 찬물 한 잔만 마셔도 얼얼할 정도로 이가 시렸다. 윤선은 어딘가 투정이라도 부리고 싶은 기분이 들었고 그것은 울적한 마음 상태로 연결됐다. 그날 밤에 전화를 걸어온 엄마가 그녀의 가라앉은 목소리를 듣고서 몸이 아픈 게 아니냐고 물을 정도였다.

그렇지 않다고 대답한 뒤에 윤선은 엄마의 안부를 물었다. 그러자 엄마는 "느이 아빠 때문에 못 살겠다."라고 말했다. 그리고 이야기는 돌연 십 년 전 어느 날로 점프했다. 엄마는 그날 아빠가 입었던 옷부터 언성을 높이며 지었던 표정까지 상세하게 기억하고 있었다. 그날 자신이 얼마나 상처 입었는지 모른다고 한 뒤에 엄마는 그런 일이 오늘도 일어났다고 힘주어 말했다. 술만 마셨다 하면 나오는 그 성질머리를 어쩌면 좋으냐고, 니네 아빠라는 사람과 도저히 같이 못 살겠다고 엄마는 거듭 말했다. 그러더니 잠시 뒤에 은근한 말투로 윤선에게 "오늘따라 왜 이렇게 암 말 없어?" 하고 물었다.

"엄마 얘기 우리 큰딸 아니면 누가 들어준다고. 윤민이는 엄마 전화 잘 받지도 않아. 감감무소식이야."

"근데 엄마."

윤선은 한숨을 쉬었다.

"나한테 이렇게 하소연만 할 게 아니라 아빠한테 직접 얘기를 해야지. 못 살겠다며. 그럼 갈라설 각오로 담판을 지어 보자는 생각은 안 해 봤어?"

엄마는 잠시 숨을 가다듬더니 "하면. 그 뒷감당은 어떻게 하라고?" 하고 말문을 열었다. 이번에는 삼십여 년 전의 과거 이야기가 소환됐다. 술에 취해 있던 아빠는 엄마가 별 뜻 없이 한 말 한마디를 가지고 남편을 무시했다며 펄펄 뛰었다고 했다. 친정 식구들과 같이 있는 자리였건만 어찌나 성을 내던지, 그래서 얼마나 서글펐는지 모른다며 엄마는 어제 겪은 일처럼 생생하게 서러워했다.

필시 이야기가 길어지리라 예상하며 윤선은 얼굴에

시트팩을 붙였다. 그리고 오므린 입술로 응, 그건 그렇지, 맞아, 하고 적당히 맞장구쳤다. 시트팩이 바싹 마를 즈음 엄마는 "그래도 술만 마시면 욱하는 성미가 있어서 그렇지 니네 아빠가 본바탕은 참 착한 사람인데." 하고 읊조렸다. 평소 같으면 윤선은 갈무리를 짓는 듯한 그 말에 해방감을 느끼며 서둘러 통화를 마쳤을 것이다. 그러나 오늘은 달랐다. 윤선은 얼굴에서 시트팩을 신경질적으로 떼어 낸 후에 "그러면 뭐해." 하고 따지듯 말했다.

"그 성질머리는 안 바뀔 거 아냐. 술도 계속 마실 거고. 엄마, 아빠한테 좀 더 세게 나가 봐. 앞으로도 몇십 년을 어떻게 더 참고 살려고 그래?"

"아유, 엄마는 심장 떨려서……."

"겁나서 못하면 내가 같이 있어 줄게. 날만 잡아. 내가 같이해 줄 테니까. 언제로 할래?"

엄마는 대답을 얼버무리고 전화를 끊었다. 윤선은 오랜 통화로 뜨끈뜨끈해진 휴대폰을 충전기에 꽂고 찬혁에게 '잘게' 하는 두 글자만 남겨 놓은 뒤에 침대로 향했다.

목요일 출근길의 2호선에서는 중심을 잘못 잡은 채 사람들 사이에 낀 누군가가 팔꿈치로 윤선의 빗장뼈 아래를 내리눌렀다. 왼손으로 지하철 봉을 잡고 있는 윤선과 달리 팔꿈치의 주인은 몸의 중심을 잡는 데 도움이 될 만한 것은 아무것도 잡고 있지 못했다. 체중이 실린 듯 압박이 점점 더해졌고 윤선은 숨 쉬기가 버거웠다. 하지만 바로 그 순간에도 윤선은 매일 출근할 곳이 있다는 사실에 대한 감사함을 되새기고 있었다.

카드값이 빠져나가는 매월 15일을 제외하면 윤선이 출퇴근길에 직장이라는 존재에 감사함을 되새기는 때는 연애를 하다 헤어진 뒤밖에 없었다. 아침마다 몸을 일으켜 향할 목적지가 돼 주고, 밤이면 이튿날의 일과를 위해 마음을 다잡고 잠자리에 들 이유가 돼 주기 때문이었다. 이번이 다른 점이 있다면 이미 이별한 후가 아니라 며칠의 냉전 끝에 이별을 예상하는 것만으로 이미 그런 생각이 든다는 사실이었다. 그것은 아마도 이 년의 세월이라는 무게 때문이리라 짐작하며 윤선은 지하철에서 떠밀리듯 내렸다.

목이 졸렸던 사람처럼 휘청이며 지하철 역사를 빠져나온 윤선은 출근 전에 들른 편의점에서 고량주 열사와 마주쳤다. 그는 '비타 오백'을 한입에 털어 넣더니 윤선의 혈색이 좋아 보인다고 말했다.

"그럴 리가 없는데? 준수 씨, 지금 내 얘기하는 거 맞아?"

"그럼요."

그는 윤선과 눈을 맞추며 그녀의 얼굴을 빤히 쳐다봤다.

"얼굴이 엄청 맑아 보이세요."

"며칠 좀 일찍 자서 그런가."

"한두 시간이라도 더 자면 아침에 눈이 번쩍 떠지지 않아요?"

"아니."

"평소에 워낙 잠이 부족해서요?"

"알람이 고장 나서."

고량주 열사는 다시 한 번 윤선의 얼굴을 빤히 바라봤다. 그는 마치 그녀가 한 주간 겪었던 일을 다 알고 있기라도 한 양 "그럼 제가 깨워드릴까요?" 하고 말했다.

어머 얘 좀 봐라? 윤선은 묘한 긴장감을 느끼고 준수의 얼굴을 들여다보았다. 윤선보다 서너 살쯤 아래인 그의 얼굴이야말로 맑았다. 심지어 철야를 하고 난 뒤에도 준수의 눈가에는 다크서클의 기색조차 보이지 않는 것 같았다.

윤선의 시선을 느낀 준수가 싱긋 웃었다. 그는 한 손으로 편의점의 문을 열더니 깜빡 잊었다는 듯 주머니에 있던 비타 오백을 꺼내 윤선에게 건넸다. 두 사람의 손끝이 스쳤다. 그러나 윤선은 그 드링크제를 마시기도 전에 두근거리던 찰나의 감각을 까맣게 잊어버리게 됐다. 그 날 오전에 입사 이래 가장 긴 회의에 참석했고, 그로 인해 오후 내내 편두통에 시달렸던 탓이었다.

윤선이 다시금 손끝이 스치던 순간을 떠올리게 된 것은 꼬박 열다섯 시간 뒤, 회식을 마친 시점이었다. 슬슬 자리가 파할 때쯤에 준수가 불쑥 "윤선 대리님은 저랑 같은 방향이니까 택시 같이 타고 가다가 중간에 내려 드릴게요." 하고 나선 것이었다. "정말? 그럼 난 열사 따라가야지." 하고 윤선은 장난스레 대꾸했다.

최 과장 먼저 택시를 잡아 준 뒤에 준수는 윤선에게 택시가 잡히기 쉬운 대로 쪽으로 나가자고 말했다. 그리고 일행들과 거리가 벌어지자 "맥주 한 잔만 더 하고 갈까요?" 하고 운을 띄웠다.

그 순간 윤선의 머릿속에 맨 먼저 떠오른 것은 지금 그를 따라 맥줏집에 들른다면 보기에 따라서 그것이 바람으로 분류될 수 있을까? 하는 의문이었다. 일행과 함께 있다가 굳이 단둘이 따로 떨어졌다고 하더라도, 이미 밤이 깊었다고 하더라도, 맥주 한 잔을 함께 마신 것쯤은 웃어넘길 수 있는 사람이 있다. 반대로 단둘이라는 점, 늦은 시간이라는 맥락 때문에 도저히 납득하지 못할 사람도 얼마든지 존재한다.

찬혁은 의심할 것 없이 후자였다. 사실 그는 납득 못한다기보다 놀라고 서글퍼 할 사람임을 윤선은 잘 알았다. 이 년이나 곁에 있었기 때문에, 시무룩해진 그의 표정까지 눈앞에 있는 듯 생생하게 떠올릴 수 있었다.

"저기, 택시 온다!"

윤선은 오른손을 번쩍 들었다.

택시 기사는 윤선의 집 앞에 들렀다가 자기 집 쪽으로 가 달라고 설명하는 준수의 말허리를 자르면서 그렇게 가는 건 힘들다고 했다. 여기서 택시를 탔으면 순서를 반대로 해서 가는 게 맞다는 것이었다. 그러자 겸연쩍은 얼굴이 된 준수가 택시 기사와 실랑이를 했다.

"그럼 그냥 기사님 편하신 대로 가 주세요."

윤선이 한마디로 상황을 정리했다. 그러고 나서 윤선과 준수는 회사 얘기만 했다. 준수는 만날 힘들다는 얘기를 달고 사는 대표와 임원들에 대한 불만을 토로했다. 회사 사정을 개선하는 방법은 간단치 않느냐는 것이었다.

"뭔데 그게?"

"강남을 뜨면 되죠. 저도 인턴이 처음이 아니잖아요. 구로디지털이나 가산디지털로만 사무실 옮겨도 이렇게 허덕이지는 않을 수 있어요."

"그건 그래."

윤선은 고개를 끄덕였다.

"근데 인턴이 처음도 아닌데 회식에서 고량주를 그렇게 퍼마셨어? 한 모금만 마셔도 소주랑 확 다르잖아."

"자리가 과장님 옆이라 귀가 따가워서 몇 잔 마시다 보니까……. 뭐 괜찮아요. 저는 원래 속으로 끙끙대고 그런 거 잘 못하거든요. 깨지더라도 한 번 지르고 말지."

"나도 그런데. 꽁하게 있는 거 진짜 체질에 안 맞아."

윤선이 준수의 이야기에 동의했다.

"근데 사무실 옮기는 거 말이야. 준수 씨가 보기에는 어때? 우리 대표님이 그렇게 합리적인 이유로 강남을 포기할 사람 같아?"

"아!"

자신이 생각한 해결책의 근본적 맹점을 깨달은 준수가 탄식했다.

"제가 인턴을 못 벗어나는 이유를 이제 알겠네요."

준수는 자신이 이 회사의 면접을 보면서, 고작 인턴을 뽑는 자리임에도 불구하고 얼마나 긴장했는지에 대해 이야기했다. 그날의 흑역사는 고량주 열사의 탄생과는 비할 수도 없는 장대한 스케일의 망신이었다는 것이었다. 윤선은 그의 이야기를 듣고 웃음이 터졌다. 격렬하게 웃은 탓에 눈가에 눈물이 맺힐 지경이었다.

몇 번이나 끊어질 듯 이어졌던 웃음이 잦아들고 나자 준수가 내려야 할 시점이었다. 준수는 택시 문을 열려다가 말고 고개를 앞자리 쪽으로 쑥 들이밀더니 "기사님, 잘 부탁드립니다!" 하고 말했다. 싹싹한 어투였다. 택시의 문은 부드럽게 닫혔다.

저 문을 열고 지금이라도 따라 내리면 어떻게 되려나, 하고 윤선은 남의 일인 것 마냥 몽상했다. 잠시 뒤에 찬혁에게서 온 '먼저 잘게' 하는 짧은 메시지에 답하기 위해 '응'이라는 한 글자를 써넣은 뒤에 윤선의 상상은 다시 '만약에'를 향했다. 만약에 따라 내렸다면 어떤 일이 있었을까, 만약 다음에 또 그를 따라 내릴 수 있는 기회가 있다면 어떻게 할까, 하고.

금요일 밤에 윤선의 목표는 오로지 자정 전에 퇴근하는 것이었다. 그래서 저녁 식사도 준수가 사다 준 삼각 김밥으로 때워 가며 일했다. 열한 시 반쯤 윤선은 가까스로 사무실에서 빠져나왔다. 집에 들어가기에 앞서 편의점에 들른 윤선은 잠시 망설였다. 도시락을 사 먹기에는 너무 늦은 시간인 것 같고, 컵라면은 지겨웠기 때문이었다. 레토르트 식품 코너 앞에 선 윤선의 귓가에 심야 라디

오의 청취자 사연이 들렸다. 그 이야기의 앞뒤 맥락을 윤선은 알지 못했다. 다만 "전 엄마처럼 살지 않으려고 했거든요. 그런데 그렇게 하다 보니까 아빠처럼 돼 버린 것 같아요."라는 말이 귓가에 남았다.

윤선은 여전히 배가 고팠지만 문득 만사가 귀찮아졌다. 집에 들어가자마자 냉장고 야채 칸에 뉘어 뒀던 와인을 꺼냈다. 그러고 잔을 챙겨 가는 것조차 귀찮아서 침대 근처에 있는 머그잔에 따라서 들이켰다. 빈속에 와인 두 잔을 연거푸 마시자 취기가 돌았다. 윤선은 겉옷을 입은 채 그대로 침대에 누워서 일주일간 '먼저 잘게', '응', '잘자', '응'으로만 이어지는 찬혁과의 대화를 되짚어 봤다. 그 대화 위에는 손끝이 부르트고 갈라진 아이의 두 손이 보였다. 찬혁이 보내 줬던, 아동 노동 착취를 고발하는 영상의 썸네일이었다.

윤선은 와인을 반 잔쯤 더 마시고 영상을 클릭했다. 열 살밖에 되지 않은 자그마한 체구의 아이들이 쉴 새 없이 커피콩을 수확하고 있었다. 그 아이들은 매일 새벽 다섯 시부터 저녁 입곱 시까지 일한다고 했다. 그런가 하면 카카오 농장으로 팔려 온 열 살 안팎의 비쩍 마른 아이들은 낫으로 카카오를 가르고 있었다. 낫은 그들의 팔뚝만 했고 자칫 잘못하면 손을 베어 낼 듯 위험해 보였다. 하지만 아이들의 얼굴에서는 두려움을 읽을 수 없었다. 표정이라는 것 자체를 빼앗긴 양 뻣뻣하게 굳은 얼굴이 보일 뿐이었다.

이어진 영상에서는 하루에 열다섯 시간씩 얼음물에 손을 담가 가며 새우 껍질을 까는 아이들의 모습이 나왔다. 영상을 제작한 단체는 이름 대신 번호로 불리는, 유년 시절을 빼앗긴 채 현대판 노예와 다름없는 취급을 받고 있는 아이들에 대한 관심을 촉구하고 있었다.

눈물이 날 것만 같은 기분으로 윤선은 십여 분쯤 침대 위에 누워만 있었다. 세수라도 해야 하는데, 그리고 그만 자야겠다고 생각하면서 실제로는 가위에 눌린 사람처럼 손가락 하나 까딱할 수 없었다.

그 채로 잠들 뻔한 윤선을 깨운 것은 옆집에서 나는 소음이었다. 여러 명이 함께 실내로 들어온 양 왁자지껄한 말소리와 높낮이가 다른 웃음소리가 번갈아 가며 났다. 새벽 한 시가 넘었건만 너무하다고 윤선은 생각했다. 하지만 옆집의 초인종을 누를 기운은커녕 벽을 주먹으로 내리칠 기운조차 없었다. 대신 그녀는 음악을 크게 틀기로 했다. 휴대폰 화면에서 음원 앱을 클릭한 윤선은 에이미 와인하우스의 앨범을 선택했다. 윤선은 찬혁과 음원 앱의 계정을 공유하고 있었고, 그 앨범 역시 찬혁이 리스트에 담아 둔 것이었다.

<Rehab>의 멜로디를 흥얼거리면서, 이어지는 몇 곡을 들으면서 윤선은 마음이 한결 차분해지는 것을 느꼈다. 그러다 <Back To Black>의 차례가 됐다. 윤선은 눈물을 흘렸고 남은 와인을 병째로 쥐고 들이켰다. 어느새 와인 병이 텅 비었다. 방금 본 아이들의 모습이 떠올랐다. 표정을 잃은 얼굴로, 가녀린 몸으로, 죄수처럼 숫자로 불리며 혹사당하는 아이들의 모습에 가슴이 아팠다. 하지만 자신이 울고 있는 이유가 그 아이들 때문이라고 윤선은 도저히 말할 수 없었다. 지구 곳곳에서 수천만 명의 아이들이 착취당하고 있다는 사실을 다시금 확인한 지금 이 순간에도, 자신은 고작 자기 연민에 빠져서 눈물을 흘리고 있었다. 아이들의 모습에 코끝이 시큰거렸다. 그러나 그보다 더 직접적으로 윤선의 눈물샘을 자극한 것은 몇 시간 전에 들은, 이름 모를 누군가의 한마디였다.

엄마처럼 살지 않기 위해서 아빠처럼 되어 버린 것인지도 모른다, 라는 말.

윤선은 그게 무슨 말인지 잘 알았다. 그녀가 세상에서 가장 애틋하게 여기는 사람은 엄마였다. 하지만 윤선은 쾅! 하고 닫힌 문 안쪽에서 엄마처럼 수십 년간 같은 레퍼토리로 한탄하기보다는, 차라리 아빠처럼 문을 거세게 닫고 밖으로 나가는 편을 택할 것이다. 그러니 비난받아 마땅한 것일까? 너의 성격이 문제라던 남자들의 말이 마구잡이로 되살아나며 윤선의 마음을 할퀴었다. 최소한 찬혁은 이 년간 한 번도 윤선에게 그런 식의 말을 한 적이 없었다. 그러나 결과적으로 이렇게 되었다.

윤선은 같은 곡을 한 번 더 재생시켰다. 찬혁은 언젠가 에이미 와인하우스의 노래를 들으면 그녀가 마음에 한가득 눈물이 고여 있는 수많은 사람을 대신해 울어 주는 것 같다고 얘기한 적이 있었다. 그때는 흘려들었던 말이 생생하게 되살아났다. 찬혁이 얼마나 따듯하고 여린 사람인지 떠올랐다. 그러자 겁이 났다. 정말 다른 사람을 찾아야만 할까. 그런 사람을 또 만날 수 있을까. 자신이 없었다. 세상에 그만큼 막연한 일은 없는 것만 같았다.

윤선은 눈가를 손등으로 문질러 닦으며 같은 곡을 한 번 더 틀었다. 그러고 나서 베개를 부여잡고 엉엉 울었다. 노래가 끝나 갈 때쯤 다시 휴대폰을 들었다. 울음이 그치지 않아 끅끅대면서 왼손으로 휴대폰을 들어 올리고 한 번 더 <Back To Black>을 재생시키기 위해 오른손을 뻗었다.

바로 그 순간이었다. 손에서 미끄러진 휴대폰이 윤선의 안면을 강타했다. 욱신거리는 통증에 이어 피 맛을 느낀 윤선은 비틀거리며 욕실로 달려갔다. 입안에 물을 머금고 우물거리자 이곳저곳이 시리고 따끔거렸다. 물을 뱉어 냈을 때 세면대 위로 쌀알 두 개쯤을 붙여 놓은 크기의 하얀 조각이 보였고, 그것의 정체가 조각난 치아라는 사실을 알아챘을 때는 이미 배수관 안으로 흘러 들어간 뒤였다. 윤선은 욕실 거울에 바짝 붙어 서서 검지로 윗입술을 들어 봤다. 군데군데 핏물이 배어나고 있었다. 윗니 중에 한가운데 난 앞니 하나가 깨져 있었다. 윗니와 아랫니를 붙여 보았더니 쌀알보다 조금 큰 틈이 보였다.

윤선은 다시 울고 싶은 기분이 됐고 그런 한편 웃음이 나기도 했다. 또한 돈 걱정이 됐는데 그것은 당장 오늘 밤에 해결할 수 있는 문제가 아니었다. 그래서 찬혁에게 '나 먼저 잘게. 좀 전에 이빨이 깨졌어'라는 메시지를 남겨 두고 누워 버렸다. 도저히 잠이 오지 않을 것 같았지만 실제로는 찬혁에게서 전화가 걸려 오는 것조차 듣지 못한 채 아침까지 쿨쿨 잤다.

이튿날 아침에 윤선은 일어나자마자 집 앞으로 데리러 온 찬혁에게 이끌려 치과 진료를 받으러 갔다. 찬혁이 안내한 치과는 토요일 오전 진료를 하는 데다 입구에 '자연치아 아끼기 운동'이라고 표기해 둔, 과잉 진료를 지양

하는 곳이었다. 윤선은 반백의 단발을 포니테일로 묶고 환자를 향해 먼저 "안녕하세요." 하고 인사를 건네는 의사의 인상이 마음에 들었다. 앞니가 어떻게 깨졌는지 얘기하면서 겸연쩍어 "바보 같죠." 하고 말했을 때도, 의사는 부드럽게 고개를 저으며 얼마든지 있을 수 있는 일이라고 대답해 줬다.

하룻밤 사이에 이런 곳을 찾아낸 찬혁의 검색 능력에 감탄하며 윤선은 의사에게 그간 불편하던 다른 치아에 대해서도 소상히 고했다. 다행히 앞니는 신경치료까지 할 것 없이 레진으로 메우기만 하면 됐다. 덕분에 의료비 부담도 예상보다는 크지 않았다. 그러나 치료를 미루고 있던 송곳니 옆쪽 치아는 충치가 심하게 진행되어 신경치료가 불가피한 상태였다.

병원에서 나왔을 때 찬혁은 지난 일주일간의 일을 따져 묻지도, 자기 말을 듣고 진작 병원에 갔으면 좀 좋았겠느냐고 으스대지도 않았다. 그는 출근하더라도 밥은 먹고 가고, 부드러운 것을 먹자고 말했다.

"이 근처 중국집 중에서 새우 볶음밥 잘하는 집이 있는데 거기 갈까?"

"새우 볶음밥은 좀……."

윤선은 헛웃음이 나왔다.

"아, 너 새우 볶음밥 싫어했던가? 미안해."

"그런 거 아니야. 일단 밥 먹으러 가자. 가서 천천히 다 얘기해 줄게."

두 사람은 근처의 죽집에 들어갔다. 깻가루가 듬뿍 올라간 전복죽을 받아 든 윤선은 자신을 위해 급히 병원을 알아봐 주는 사람이 있다는 것에, 함께 따뜻한 죽을 먹어 줄 사람이 있다는 사실에 감사했다. 그리고 그 감정을 찬혁에게 그대로 전했다. 그러자 찬혁은 목이 멘 목소리로 고맙다고 말했다.

자신의 부모님은 원체 과묵한 나머지 기쁜 마음을, 슬픈 감정을, 속상하거나 서운한 기분을 있는 그대로 전달하는 방법을 모르는 분들이라고 찬혁은 말했다. 그 때문인지 자신 역시 감정 표현에 서투르기 그지없는 사람이라는 것을 잘 알고 있다고도 덧붙였다. 찬혁은 이성의 진짜 속마음을 추측하는 데에 특히 자신이 없었다. 윤선을 만나기 전에는 연애라는 것을 거의 포기하다시피 하고 있었다. 그래서 자신의 감정을 가감 없이 표현하는 윤선의 모습이 찬혁은 정말로 좋았다. 설령 짜증이 섞인 말을 듣더라도 그랬다. 도대체 화가 난 것인지 아닌지, 화가 났다면 무엇 때문에 난 것인지 오리무중인 상태로 속만 끓이는 것보다는 훨씬 대처하기 수월하기 때문이었다.

"그래도, 나도 사람이니까 '금지어'라는 건 있다고."

"구제 불능?"

찬혁은 기억하고 있었던 거냐며 놀랐다. 실은 윤선은 잊고 있었다. 그 말이 그에게 어떤 욕설보다 심한 상처를 준다는 사실을, 새까맣게 잊고 있었다가 방금 기억해냈다.

성적이 반에서 3등에 머물렀기 때문에, 전교에서 10등 안에 들지 못했기 때문에, 어떻게 해도 1등은 되지 못했기 때문에, 법대에 가지 못했기 때문에, 유학까지 보내 줬건만 비정규직이라는 이유로 그는 아버지에게 구제 불능이라는 소리를 들었다. 정규 교육 과정이 시작되고 등수라는 것이 매겨진 이후부터 지금까지 줄곧 그 말을 들어 왔다. 언젠가 윤선에게 그 이야기를 털어놓으면서 찬혁는 "서초동에서 제일 구박받고 자란 사람이 나야." 하고 말했었다.

윤선은 미안한 마음에 수저를 들 기운도 나지 않았다. 찬혁은 앞으로 기억해 주면 괜찮다고 말하고 쑥스럽게 웃어 보였다. 그리고 "일주일간 꽁해 있었으니까 나도 잘한 거 없어."라고 하며 윤선의 손에 수저를 쥐어 줬다. "천천히 불어서 먹어." 하는 잔소리도 잊지 않았다.

사무실로 향하는 차 안에서 윤선은 찬혁이 보내 준

영상을 봤다고 고백했다. 울었다는 말은 하지 않았다. 다만 그에게 함께 정기 후원을 하자고 말했다.

"만 원은 너무 적은 거 같고 삼만 원은 매달 내기 부담되잖아. 그래서 얼마 할까 고민이야. 넌 벌써 후원 시작한 거야?"

"아니 그게……. 거기 말고 다른 데로 하자."

변명이라도 하는 듯한 어투로 찬혁이 말했다.

"왜?"

"그 단체 간부가 부하 직원 성추행하고 괴롭힌 게 이번에 터졌더라고. 좀 알아봤는데 그거 말고도 구린 얘기가 많아."

"에이씨, 진짜 안 썩은 데가 없어."

"그래도 어딘가 있겠지? 찾아볼게. 내가 검색은 좀 하잖아."

찬혁이 말했다. 그는 건널목에서 붉은 신호가 걸리자 "참, 그때 네가 찾던 노래 이거 맞지?" 하며 음악을 틀었다.

"응! 이거야!"

그날 카페에서 들었던 노래가 차 안을 가득 채웠다. 그러자 윤선은 일주일 전에 있었던 일이, 이 노래에 매혹됐던 중학교 시절의 기억들이 한꺼번에 되살아나는 듯했다. 찬혁은 이곡이 히트했던 여름에는 미국으로 한 달간 영어 캠프를 다녀왔기 때문에 제대로 들어 본 적이 없다고 말했다. 그가 이 노래를 알게 된 것은 성인이 되고 난 뒤였다. 그럼에도 불구하고 유년 시절의 어떤 순간이 떠오르는 듯한 기분이 드는 노래라고 그는 덧붙였다.

"놀이터에서 막 뛰어놀다가 엄마가 저녁 먹으라고 부르는 소리에 집으로 돌아가는, 그런 기분이 들어. 이 노래 들으면."

"진짜? 너 초딩 때는 운동도 좀 하고 뛰어놀기도 하고 그랬어?"

"아니. 영화 같은 데서 본 이미지지 뭐. 우리 부모님은 나 1학년 때부터 밤 열한 시까지 학원 보냈어."

"어휴, 1등 한 번 시켜 보겠다고?"

"응. 코피 팡팡 흘려 가면서 다녔지."

'코피 팡팡'이라는 말이 짠하면서도 웃겨서 윤선은 자기도 모르게 입을 활짝 벌리고 웃었다. 그러곤 앞니가 보이리라는 생각에 얼른 손으로 입을 가렸다. 찬혁은 민망해하는 윤선을 배려해 슬쩍 고개를 돌려 줬다. 이윽고 노래가 끝났을 때 찬혁은 "우리 노래나 한 번 더 들을까?" 하고 말했다. 윤선은 휴대폰 화면을 손끝으로 부드럽게 건드렸다.

알리웬 까베르네 소비뇽 메를로
2017

제조국 **칠레** / 도수 **13.5도**

인터넷 검색을 통해 얻은 정보

네이버 지식백과에 따르면 운두라가 와이너리는 '파타고니아에 다시 숲을'이라
는 비영리단체와 파트너십을 맺어 소비자들이 알리웬 와인을 구매할 때마다 수
익금의 일부를 칠레 파타고니아의 숲을 보존하는 데 쓴다고 한다.

체리 시럽처럼 밝은 적자색에 베리류의 산미가 깃들어 있는 과실향.

개봉 직후에는 산미가 적당하고 당도는 다소 낮았다. 바디감은 중간이나 탄닌
은 적은 편으로 드라이하지만 부담스럽지 않은 맛이다. (반면에 단맛이 적은 술
을 즐기지 않는 하우스 메이트 반디는 시음만으로도 부담스러워했다.) 안주는
바비큐와 햄버거를 택했는데, 무겁지 않지만 드라이한 맛이 느끼함을 잡아 줘
서 만족스러웠다.

개봉 후 하루 지나서 마시면 더욱 풍부한 맛을 즐길 수 있다는 친구 제이의 추천
에 따라 하루 지난 뒤에 생크림 케이크에 곁들여 마시자 산미가 좀 더 살아났음
에도 불구, 전반적으로 그윽해진 느낌에 전날 마셨던 것보다 확연하게 부드러
워졌다. 말 그대로 술술 넘어가는 맛.

오열하며 병나발을 분 탓에 하루 지나 즐기는 맛을 음미하지 못했던
윤선은 치과 치료를 마친 후 다시금 이 술을 구입하게 됐다. 실은 그날
마트에서도 찬혁과 말다툼이 있었다. 그러나 윤선은 언성을 높이거나
찬혁에게 상처가 될 만한 말을 하지 않도록 주의했고, 그 덕에 두 사람
은 집에 돌아와 장 본 것들을 정리하는 동안 화가 누그러져 금세 화해
에 이르렀다.

누구나
곧바로 응용할 수 있는
5분 레시피

호선의 제안을 누나는 무척 마음에 들어 했다. 깊은 숲속에서 보내는 주말을 떠올리는 것만으로도 마음이 가벼워지는 것 같다면서, 점수를 준다면 백 점짜리 생일 선물이라고도 말했다. 그래서 예약까지 마쳤건만 출발을 하루 앞두고 딴소리였다. 그나마도 병원 업무 때문이라면 호선도 별수 없는 일이라고 받아들였을 것이다. 하지만 누나가 댄 핑계라는 것은 고작 주말 동안 집에서 혼자 지낼 아들 걱정이었다.

너는 애가 없으니 내 심정을 모른다고 항변하는 누나에게 호선은 그 '애'가 벌써 중학생이라고 타박했다. 어른이 없는 집에 누굴 끌어들일지 몰라서 염려된다면 모를까 혼자 두고 가는 게 걱정이라니. 누나 자신이 한평생 모범생으로 살았기로서니 요즘 애들을 뭐로 보는 거냐고, 순진한 게 지나치다고 말이다.

그러자 누나는 수화기 너머에서 깊이 한숨을 쉬며 풀 죽은 음성으로 "누구 데려올 애라도 있으면 다행이게." 하고 말했다. 올해 초에 처음으로 집에 데려온 친구이자 한동안 주말마다 집에 놀러 오던 녀석이 지난달 즈음부터 발길을 끊은 모양이었다. 친구랑 다퉜느냐고 물어도 얼버무리기만 하는 외아들을 보며 누나는 속을 태우고 있었다.

"요새는 옛날처럼 드러내 놓고 때리고 돈 뺏고 그러는 것만이 아니라잖아. 은근하게 따돌리고 못살게 구는 경우도 많대. 그런데 내 생각이 지나친 건지는 모르겠지만 겁나는 게 그것만이 아니라⋯⋯."

누나는 그러더니 한동안 말이 없었다. 또 뭐가 겁나냐고 재차 물어도 한숨만 쉴 뿐이었다. 어쨌거나 호선은 모처럼 토요일 진료 일정도 미리 조정해 둔 누나가 주말 계획을 포기하는 것에는 반대였다. 어차피 겁나서 드러내 놓고 묻지도 못할 거라면 집에서 주말 내내 아들과 함께 있는 게 무슨 의미인가 싶기도 했다.

"매형은 도저히 시간이 안 된대? KTX 타면 두 시간도 안 걸리는 데 있으면서."

"온다고 도움이 될 것도 아닌데 무리할 거 없지 뭐. 부자 둘이서 있어 봤자 입 딱 닫고 있을 텐데."

"하여튼 부부가 요령이 없어요. 정 그러면 주말 동안에 내가 가 있을게."

반쯤은 충동적으로 호선은 말했다.

"제주도 가기 전에 봉사 한 번 하지 뭐. 재현이가 나한테는 속 얘기 털어놓을지 또 알아?"

그날 밤 잠자리에 들었을 때 호선은 문득 지난 십여 년 동안 잊고 지내던 일이 떠올랐다. 그러자 하나뿐인 조카에게 전하고픈 이야기가 무엇인지 또렷해졌다.

　　호선이 누나네 집에 도착한 것은 약속한 것보다 삼십 분쯤 늦은 시점이었다. 오랜만이라는 인사에 재현은 "그런가?" 하고 심상한 어투로 대꾸했다. 그래도 호선이 내민 피자에는 관심이 있는 듯 신속하게 상자를 받아 드는 얼굴에 어두운 기색은 없었다. 호선은 재현과 나란히 텔레비전 앞에 앉아서 패밀리 사이즈 피자의 박스를 열었다. 재현은 피자 두 조각을 샌드위치처럼 겹쳐 접은 뒤 덥석덥석 베어 물고 이따금 콜라를 페트병째로 잡고 콸콸 들이켰다. 그러다 호선과 눈이 마주치자 눈빛이 흔들렸다. 분명 평소에는 지금과 같은 상황에서 누나에게 잔소리를 들었기 때문일 거라고 호선은 미루어 짐작했다.

　　"빤하지 뭐. 음료수를 컵에 따라 마셔야지 입 대고 마시면 안 된다고 맨날 잔소리 듣지?"

　　"무슨 소리야. 엄마는 피자 시킬 때도 꼭 콜라는 가져오지 말라고 해. 충치 생긴다고. 탄산음료는 아예 집에서 못 마셔."

　　재현은 그렇게 말하고 그새 완전히 비운 페트병을 우그러뜨렸다. 평소 식생활 사정이 그토록 각박하다면 호선은 간식을 제공할 용의가 있었다. "그럼 나가서 먹을 것 좀 더 사 올까?" 하는 호선의 말이 채 끝나기도 전에 재현은 자리에서 일어났다.

둘은 완전 범죄를 위해 빈 콜라병과 피자 상자를 들고 나와 곧장 분리수거함에 버렸다. 그러고 평소에 재현이 즐겨 찾는다는 분식집으로 향했다. 재현은 그 집의 떡볶이를 설명하며 처음 먹으면 평범한 듯하지만 먹으면 먹을수록 중독성이 강한 맛이라고 강조했다. 자신 있게 권했던 만큼 떡볶이가 이미 전부 팔렸다는 비보를 들은 재현의 얼굴에는 낭패감이 서렸다. 하지만 호선은 상대적으로 맛이 싱겁다는 근처의 다른 가게로 향하며 오히려 쾌재를 불렀다. 이제부터 선보일 잔기술이 더욱 빛을 발할 기회이기 때문이었다.

특색 없고 맛이 덜 든 떡볶이에 감칠맛을 더하기 위해 재현에게 필요한 것은 컵라면으로 나온 짜장 라면, 그리고 단 오 분의 시간이었다.

① 두 컵 분량의 물을 끓인다.
② 짜장 라면의 면발과 건더기 스프가 적당히 익도록 끓는 물 한 컵 반을 부어 놓는다.
③ 남은 반 컵의 물을 프라이팬에 붓고 막 사 온 떡볶이와 짜장 스프를 넣어 중간 불에서 뒤섞는다.
④ 삼 분 후에 면만 건져 프라이팬에 투하한다.

⑤ 면이 마저 익으면서 국물을 빨아들이도록 센 불에서
   살짝 섞어 주면 완성.

   호선이 순식간에 짜장 라볶이를 완성하는 동안 재현
은 프라이팬 안에 빨려 들어가기라도 할 듯 집중하고 있
었다. 호선은 근엄한 목소리로 슬슬 식탁 위에 냄비 받침
과 젓가락을 세팅해 두라고 말했다.
   "이제 다 됐어."
   윤기가 흐르는 검붉은 국물 위에는 채 썬 대파 몇 점
이 균형 잡힌 식생활을 의식한 양심의 마지막 흔적처럼
아스라한 존재감을 내비치고 있었다. 그 외에는 오직 탄
수화물과 지방, 당분과 염분만이 팽팽한 균형을 이루고
있는 음식을 앞에 두고 재현은 싱글벙글이었다. 호선은
재현에게 이 레피시는 비빔면 계열 외의 컵라면에는 어
떤 것에나 응용할 수 있다는 사실도 일러 줬다. 재현은 태
어나서 한 끼에 정크푸드를 두 종류나 먹는 것은 오늘이
처음이라고 말하며 오동통한 떡 살과 면발을 한꺼번에
들어 올렸다.
   "하긴 나 때가 더 군것질할 일이 많았을 거야. 일단
내가 중고딩일 때는 급식하는 학교보다 안 하는 데가 더
많았으니까. 그래서 그때는 매일매일 도시락 싸 가지고

다녔어."

점심 도시락은 보통 2교시 쉬는 시간이면 먹었는데 그 날은 어째서 점심시간까지 도시락을 까먹지 않았는지, 호선은 그 이유까지 기억하지는 못했다. 중간에 체육 수업이 있어서 쉬는 시간이 부족했는지도 모른다. 어쨌든 점심시간이 되자마자 호선은 항상 함께 도시락을 먹던 친구들의 자리로 향했다. 그리고 늘 앉던 자리에 앉았을 때였다. 호선을 둘러싸고 있던 세 명이 눈빛을 교환하더니 일사불란하게 교실의 반대편으로 가서 자리를 잡았다.

순식간에 혼자 남은 호선은 그들에게 갑자기 왜 이러느냐고 항의하고 싶었다. 하지만 그러지 못했다. 따져 묻기는커녕 당황스러운 데다 창피한 마음에 짓눌려 고개조차 들 수 없었다. 그 순간 호선이 떠올린 것은 몇 해 전에 아버지가 경영하던 회사가 망했다는 소식을 들었던 기억이었다. 그때에 버금가는 충격을 받았기 때문이었다.

"삼촌, 그다음에는? 어떻게 했어?"

볼이 미어지도록 욱여넣은 면발을 씹다가 동작을 멈춘 재현이 부정확한 발음으로 물었다.

"굶었지 뭐."

"그다음 날부터는?"

"그야, 옆 반 친구한테 가서 밥 먹었지."

재현은 그제야 입안에 든 것을 꿀꺽 삼키고 안도의 한숨을 쉬었다. 호선은 재현에게 콜라를 건넸다. 체하는 것보다야 나으니까. 이런 상황이라면 누구도 탄산음료를 권하는 것을 이해할 것이다. 재현은 콜라를 남김없이 비운 뒤에 잠깐 망설이더니 그때 반 친구들은 무슨 이유로 그런 행동을 한 것이었느냐고 물었다. 그건 호선으로서도 영영 알 수 없는 일이었다.

"안 궁금했어?"

"처음에는 궁금했지. 잠을 못 자서 한 3kg이 빠졌다니까. 그런데 그걸 내가 굳이 알 필요가 있나 싶어지더라고."

"그게 가능해?"

"나도 원래 '아싸' 기질이 있으니까. 걔들이 보기에 뭔가 거슬리는 게 있었겠지. 아니면 우리 집 망한 게 빌미가 됐거나. 그렇고 그런 이유겠지."

뒤에서 속닥거리며 모의하고 요란하게 감행한 녀석들이니 보나 마나 한심한 이유로 자신을 배척했으리라고 호선은 마음을 다잡았다. 그렇게 평정심을 되찾는 데는 '옆 반 친구'의 존재가 절대적이었다. 한순간에 반 안에서 친하다고 할 만한 친구가 사라져 버렸지만 몇 걸음만 뛰어가면 옆 반에 죽이 잘 맞는 친구가 있다는 사실이 말할 수 없이 든든했다.

한 달쯤 지나서는 그 친구의 짝꿍과도 친해졌다. 그렇게 새로 사귄 친구는 군것질을 좋아하는 한편 유달리 입이 짧았다. 그래서 분식을 그냥 먹지 않고 다양한 시도를 거듭했다. 호선이 오늘 선보인 레시피도 그 친구가 알려 준 것이었다.

"삼촌은 운이 좋았네." 하고 재현이 고개를 끄덕였다.

분명 뭔가 있다고 호선은 짐작했다. 재현은 고민거리를 가지고 있는 게 분명했다. 하지만 따져 묻는다고 한들 털어놓을 것 같지 않았다. 그것은 묵묵히 젓가락질을 하고 있는 재현의 얼굴만 들여다봐도 알 수 있는 것이었다. 미간을 살짝 찌푸린 채 시선을 아래로 내리깐 조카의 표정은 누나의 얼굴을 그대로 오려 붙여 놓은 듯했다.

누나는 온갖 걱정거리를 혼자 떠안는 성격인 데다 예나 지금이나 시원하게 하소연 한 번 하는 법이 없었다. 아홉 살 터울의 막내 호선에게는 물론이거니와 부모님과 작은 누나에게도 마찬가지였다. 그저 혼자 삭이고 동동거리며 애쓰다가 한 번씩 위경련을 겪거나 몸살감기가 심하게 와서 며칠을 앓곤 했다. 가족들에게 몇 해 전부터 조금씩 속 얘기를 꺼내 놓기 시작했다고는 하나 화제는 대개 재현에 관한 문제에 한정됐다.

재현은 성적 때문에 걱정을 끼친 적이 없거니와, 사춘기를 지나는 동안에도 방문 한 번 거칠게 닫은 적 없는 유순한 모범생이었다. 어릴 적에 누나가 그랬고 매형 또한 마찬가지였다고 했다. 요새 그렇게 순한 애가 어디 있냐며 주위의 부러움을 샀지만, 정작 누나는 자기 아들의 소극적이고 사교성 없는 성격을 안타까워했다. 간혹 사귄 친구도 재현 못지않게 숫기가 없거나 외골수인 녀석들뿐이라 마음이 놓이지 않는다면서 말이다.

비슷한 특성을 가진 아이들이 뭉쳐서 그룹을 이루면 개개인이 가진 특징이 증폭돼 보인다. 인기 있는 아이들끼리 함께 다니면 더욱 이목이 집중되고, 괴롭힘 당하기 쉬운 아이들이 뭉치면 표적이 될 가능성이 더 높아지는 식이다. '아싸'가 다른 '아싸'의 손을 뿌리치는 일의 상당수는 그러한 연유로 발생한다. 그래서 호선은 간밤에 누나가 망설이기만 하고 하지 못한 말이 어떤 내용인지 어림잡아 짐작해 볼 수 있었다.

'너 그나마 하나 있던 친구랑 멀어졌다며. 걔가 갑자기 너를 모른 척하는 거야? 아니면 네가 걔를 피해 다니면서 가책을 느끼는 거야?'

줄곧 입가에서 맴도는 그 질문을 호선은 속으로 삼켰다. 추측을 근거로 재현에게 질문 세례를 하는 것은 섣

부른 일일 테니까. 그러면 무슨 얘기를 해야 하나 싶어 한 동안 말을 고르던 호선은 다시금 '옆 반 친구들'을 화제로 올렸다.

"난 그때 옆 반 친구들이랑 지금도 연락하고 지내거든. 진짜 오래 볼 사이는 따로 있더라고."

그러니 살다가 인간관계에서 막다른 골목에 몰린 심정이 들 때는 시야를 좀 넓게 볼 필요가 있다고 호선은 말했다. 옆 반이든 어디든 한 명쯤 통하는 사람이 있지 않겠느냐고 말이다. 또한 살면서 한 번쯤은 나도 누군가에게 '옆 반 친구' 같은 존재가 돼 줄 수 있을지도 모른다고, 고립된 상태에 처한 누군가에게는 짧은 메시지 한 줄, 눈인사 한 번이 살아갈 힘이 돼 주기도 한다고 덧붙였다. 짜장라볶이를 앞에 두고 하는 이야기치고는 어깨에 너무 힘이 들어가 있다는 사실은 의식하고 있었지만, 그 말은 반드시 해야만 했다.

재현은 검붉은 빛으로 번들거리는 떡 살을 꼭꼭 씹으면서도 자못 진지한 얼굴로 호선의 말을 들었다. 식사를 마친 뒤에는 곧장 자기 방으로 들어갔다. 야식을 먹은 다음이니 잠이 든 것인지, 혹은 긴 통화라도 하는 것인지 알 수 없었지만 호선은 일단 조카에게 시간을 주기로 했다.

설거지를 마치고 주방을 치우고 난 뒤에도 재현이

방에서 나오지 않자, 호선의 시선은 자연스레 싱크대 상부장 쪽으로 향했다. 그 안에는 항상 위스키가 한두 병쯤 들어 있다는 것을 알고 있기 때문이었다. 이번에는 아드벡과 파이어볼이 있었다. 아드벡은 병이 바닥을 보이고 있었으므로 호선은 새빨간 악마가 입에서 불을 내뿜는 그림이 그려진 시나몬 위스키, 파이어볼을 꺼냈다. 잔에 따른 후 한 방울의 생수를 더해서 아랫입술을 적시듯 살짝 머금었다가 천천히 삼켰다.

생전 처음 '양주'라는 것을 마신 날 역시 예의 입이 짧은 친구와 함께였다는 사실을 호선은 떠올렸다. 그날 이후에도 호선은 그 친구 덕에 다양한 술을 맛봤다. 친구는 한동안 와인 바에 빠져 있었고, 그다음에는 싱글몰트 위스키를 즐겼기 때문이다. 그렇게 이십 대 때는 먹고 마시는 데 돈을 아끼지 않던 녀석이었지만 지금은 사정이 달랐다. 딸 둘을 키우느라 편의점의 네 캔들이 만 원짜리 맥주만이 자신에게 허락된 유일한 사치라고 앓는 소리를 했다.

그러고 보니 올해 들어 친구와 한 번도 만나지 못했다는 사실을 깨달은 호선은 손에 든 술잔을 내려놓았다.

메신저에서 친구의 프로필 사진을 클릭하자 줄무늬 티셔츠를 나란히 맞춰 입고 함박웃음을 짓고 있는 두 딸의 모습이 보였다. 호선은 친구에게 꼬맹이들이 언제 이렇게 컸느냐고 물었다. 그래도 내가 이사 가기 전에 삼인방이 한 번은 모여야지 않겠느냐는 말도 전했다.

날짜만 잡아. 내가 한 잔 살게.

　라고 적은 뒤에는 상앗빛 조명 아래 놓인 위스키 잔을 찍어 보냈다.
　호선은 친구의 답장을 기다리며 다시금 술잔을 들었다. 파이어볼 한 모금을 삼키자 십여 년 전, 그 어린 날의 고단했던 기억과 달콤한 추억이 한데 섞인 맛이 났다.

✿ 테이스팅 노트

파이어볼

제조국 **캐나다** / 도수 **33도**

첫 만남에서 얻은 정보
시나몬 스틱을 더해서 마시면 시나몬의 맛과 향을 원 없이 즐길 수 있다.

위스키 원액에 시나몬을 블랜딩한 파이어볼은 밝은 황금색을 띈다. 시나몬 향
이 지배적이나 시나몬 스틱과 비교하면 좀 더 무거운 향에 매캐한 알콜의 기운
이 섞여 있다.

허니 위스키와 더불어 위스키 초심자가 스트레이트나 온더락을 시작하기에 최
적의 파트너로 여겨지는 술이다. 도수가 33도로 비교적 낮을 뿐 아니라 시나몬
특유의 달착지근한 맛과 향이 위스키가 주는 부담을 경감시켜 준다. 또한 일반
적으로 위스키를 스트레이트로 마셨을 때 목 넘김 뒤에 밀려오는 묵직한 알콜
의 기운 역시 혀뿌리 전반으로 퍼지는 스파이시한 얼얼함이 희석해 준다.

추천 음용법으로 널리 알려진 것 중 하나는 진저에일에 타서 시나몬과 생강이
어우러지는 맛과 향의 조화를 즐기는 것이다. 한편 반디는 깔루아나 베일리스
처럼 우유에 타서 마시는 방법을 추천했다. 그 모습을 보고 생각이 닿아서 홍차
에 넣어 봤더니 차의 열기와 술의 도수에 시나몬 기운이 만나 곧장 온몸에 후끈
후끈한 열기가 돌았다.

*호선은 파이어볼 두 잔을 스트레이트로 홀짝이며 친구와 메시지를 주
고받다가 마지막 잔은 콜라에 타서 마시고 잠자리에 들었다. 양치질은
건너뛴 채로.*

덕의 추천

남의 일기장을 몰래 읽는 것은 몰상식한 짓이다.

하지만 누구나 볼 수 있는 곳에 일기장이 펼쳐져 있다면, 내심 누군가 읽어 줬으면 하는 바람이 담긴 것으로 봐도 되지 않을까? 애당초 트위터 계정의 자기소개란에 '일기장'이라는 말이 적혀 있다는 이유만으로 트윗을 살피는 일에 일기장을 훔쳐 읽는 것 같은 죄책감을 느낄 필요가 있는 것일까?

동생의 것으로 추정되는 'minsuk88'이라는 계정에 적힌 글을 읽는 동안 나는 그런 생각들로 마음이 편치 않았다. 그러나 내가 본 것 중 몰래 읽었다는 사실이 죄스러울 만한 내용이 있었느냐 하면 딱히 그런 것은 아니었다. 오히려 그 반대였다. 이를테면 녀석이 가장 최근에 남긴 트윗의 내용은 아래와 같았다.

하루에 이십 분만 햇볕을 쪼이면 비타민D 걱정은 없다고 한다. 요새처럼 더울 땐 십 분도 가능할 듯. 그래도 남양주는 예나 지금이나 서울보단 덜 덥다. 겨울은 물론 헬.

동생이 지난 한 달간 남긴 트윗에는 이런 식으로 날씨나 생활 정보를 논하는 내용이 다수를 차지했다. 그 외의 글은 크게 두 가지로 나눌 수 있었는데 한 가지는 새로 출시된 라면이나 편의점 도시락의 시식 평이었다.

똠얌꿍 컵라면 별이 다섯 개! 칼로리도 낮다! 단점은 딱 하나, 너무 달다는 것. 청양고추가 필요할 각.

그 외는 대개 신세 한탄이 차지했다.

운동선수들은 대부분 이십 대 안에 인생의 전성기가 끝난다고 한다. 슬픈 얘기라고? 흙수저 물고 태어나 공부만 좀 하는 인간의 전성기야말로 그보다 더 빨리 끝난다. 어쨌든 나도 수능 결과 받았을 때까지는 내가 뭐라도 될 줄 알았으니까.

노트북 화면을 덮자 동생이 적어 둔 트윗, 혹은 일기장의 내용도 눈앞에서 사라졌다. 나는 하릴없이 냉장고 문을 열었다. 냉장고 속은 비어 있었지만 아직 맥주는 두 캔이 남아 있었다. 무엇과도 바꿀 수 없는 맥주의 첫 모금을 마시고 나자 냉동실에 붙여 놓은 사진에 저절로 눈이 갔다. 그것은 해가 떠오르면서 수평선이 그윽한 오렌지빛으로 물든 서귀포 법환포구의 모습으로, 이제 한 주만 지나면 내가 매일 보게 될 풍경이었다.
십여 년간의 서울 생활을 정리하는 동안 일어난 크

고 작은 트러블 앞에서도 나는 이 바다와 하늘 덕에 평정심을 유지할 수 있었다. 박 팀장아 얼마든지 짖어라, 이제 날 볼 날도 며칠 안 남았으니까. 다시는 못 볼 테니까. 그렇게 생각하면 구부정하게 굽어 있던 어깨가 절로 쭉 펴졌다.

다만 나는 직장 생활을 정리하고 제주도로 이주하는 계획을 착착 진행해 가면서도 가족들에게 그 사실을 알리는 것을 미루고만 있었다. 계획적으로 비밀리에 진행하려던 것은 아니었다. 다만 회사를 그만두고 제주도에 가서 살겠다면 말릴 게 빤한 부모님과 언쟁할 게 피곤해서 차일피일하다 보니 지금까지 시간을 끌게 된 것뿐이었다.

세 시간쯤 전의 일이었다. 저녁 식사를 위해 들른 분식집에서 옆자리에 앉은 아주머니가 "엄마한테 못할 말이 뭐 있어. 얘기를 해야 알지." 하며 딸을 채근하는 모습을 보며 나는 오늘 밤에야말로 엄마에게 연락하기로 마음을 다잡았다. 결심이 변할까 봐 외출복을 갈아입기도 전에 엄마에게 전화를 걸었다. 그런데 만나서 드릴 말씀이 있다는 말에 엄마는 대뜸 "만나서? 너 집에 오게? 아유, 올 것 없어." 하고 잘라 말했다. 예상 밖의 반응에 나는 좀 얼떨떨했다.

"엄만 내가 집에 가는 게 귀찮아? 민석이가 간다고 그랬어 봐. 뭐 먹고 싶어? 엄마가 뭐 해 줄까? 그것부터 물어봤을 거면서."

"귀찮긴. 엄마가 요새 좀 몸이 안 좋아서 그래."

엄마는 어디가 아프냐는 질문에 "그냥 여기저기."라고 대답할 뿐이었다. 뭔가 숨기는 눈치임이 분명했다. 그러고 보니 엄마가 몇 달 전에 건강검진을 받았다고 한 게 기억났다. 나는 덜컥 겁이 나서 곧장 아빠에게 연락을 해 봤다.

혹여 엄마에게 건강상 문제가 있는 게 아니냐고 묻자 아빠는 펄쩍 뛰었다. 하지만 이어지는 질문에는 말끝을 흐렸으므로 찜찜한 기분은 풀리지 않았다. 나는 엄마에게 메시지를 적다 말고 마음이 바뀌어 동생 민석에게 전화를 걸어 봤다. 그러나 전화를 받은 것은 처음 듣는 목소리의 여자였다. 민석의 번호가 아니냐는 물음에는 "전화 잘 못 거셨어요."라는 대답이 돌아왔다. 단축번호를 눌렀으니 잘못 걸었을 리 없다고 항변하자 상대는 자신이 이 번호를 쓴 지 반년 정도 된다는 말을 하고 전화를 끊었다.

일 년에 한 번 통화를 할까 말까 한 남매간이라 해도 그렇지, 바뀐 휴대폰 번호를 반년 넘게 알려 주지도 않다

니. 녀석이 괘씸했지만 당장 연락이 닿지 않으니 따질 수
도 없는 일이었다.

혹시 민석이한테도 뭔 일이 있나? 엄마는 정말 건강
에 이상이 없는 것일까? 아빠까지 대체 뭘 숨기는 걸까?
하는 생각이 꼬리에 꼬리를 물었다. 그러면서도 이주 준
비를 마치고 겨우 한시름 놓자마자 걱정거리들이 쏟아
지는 것에 짜증이 올라왔다. 나는 당장 노트북 앞으로 가
서 동생에게 메일을 쓰기 시작했다. 그러다 문득 영문 이
름과 출생 연도를 조합한 녀석의 이메일 주소에 시선이
갔고, 혹시나 하는 생각에 카카오톡에 'minsuk88'을 넣
어 ID를 검색해 봤지만 아무도 검색되지 않았다. 페이스
북도 마찬가지였다. 그래서 다시 한 번 메일 창을 켰을 때
트위터가 떠올랐고, 그곳에서는 한 명이 검색됐다. 바로
그 @minsuk88의 계정 소개에는

일기장, 달리 표현할 길 없는.

이라고만 적혀 있어 동생의 계정인지 아닌지 알 수
없었다. 그러니 동생이라고 확신하고 메시지를 보내려면
우선 그 일기장을 읽어 볼 수밖에 도리가 없었던 것이다.

굳이 내가 죄책감을 느끼면서 볼 필요가 있나 싶을

만큼 시시한 트윗을 한바탕 읽고 나니 어쨌든 그 계정의 주인이 동생이라는 확신은 생겼다. 공부 말고는 별다른 재주가 없으며, 밥보다 면 요리를 좋아하고, 남양주 날씨에 대해 잘 아는 88년생으로 '민석'이라는 이름을 가진 사람이라면 내 동생 민석이 분명했다.

빈속에 급히 맥주를 들이켜니 취기가 올랐다. 나는 내일 일어나자마자 버스 첫차를 탈 요량으로 알람을 새로 맞춰 뒀다. 이제 동생에게 메시지를 보내고, 엄마에게도 내일 뵙자고 연락해야 한다는 생각이 들었지만 갑자기 잠이 쏟아졌다. 이럴 줄 알았으면 작은 캔을 따는 건데. 나는 그렇게 후회하며 고꾸라져 잠이 들었다.

연속극을 보다가 시시하면 중간에 꺼 버릴 수 있는 사람은 얼마나 편할까, 종종 그런 생각을 한다. 나는 연속적으로 진행되는 일의 순서와 결말에 대한 강박관념이 있다. 이를테면, 남들 앞에서는 본다고 말하기도 창피한 막장 드라마라도 일단 시작을 하면 끝을 봐야 직성이 풀렸다.

이런 점은 프레젠테이션을 준비할 때 단점으로 작용한다. 물론 일단 대강이나마 전체 틀을 잡아 놓고 지엽적인 부분을 채워 넣으면 작업 속도도 훨씬 빠르고, 시간 여유에 따라 완성도를 맞출 수 있다는 것은 나 역시 잘 알고 있다. 그렇지만 그래프 하나라도 마음에 들지 않으면 도저히 다음으로 넘어갈 수가 없다. 입사 초기에 박 팀장은 내게 묘한 어투로 생각보다 꼼꼼한 구석이 있다고 했고, 조금 지나서는 쓸데없이 고집스러운 데가 있다고 하다가 나중에는 '꼴통'이라고 했다. 다른 팀원들이 수정에 들이는 시간까지 고려하면 별반 차이도 나지 않고, 내가 더 빨리 마치는 경우도 왕왕 있건만 이미 찍힌 뒤에는 소용이 없었다. "야, 또 꼴통 짓 시작했냐?", "누가 꼴통 아니랄까봐.", "꼴통 같은 소리 하지 말고……." 하는 소리를 너무 들어서 실제로 회사 생활을 하면서 머리가 좀 나빠진 것 같은 기분이 들었다. 그러나 이제 더 이상, 누구에게도 면전에서 꼴통이라고 불릴 일은 없다. 그러니 제주에 가면 전부 잊을 것이다.

제주에 가면 이 꼴통 같은 강박에서도 벗어나야지, 하고 다짐하며 흔들리는 시외버스 안에서 간밤에 읽다가 멈춘 부분부터 동생의 트윗을 마저 읽기 시작했다. 일기를 훔쳐보는 듯한 꺼림칙함은 여전했지만 중간에 멈추는 것은 불가능했다.

동생의 트윗은 기본적으로 우울했고 때로 정도가 심각해 보였지만 일순 지금까지 늘어놓은 말이 모두 농담

이 아닐까 의심케 하는 김빠지는 유머가 담겨 있었다. 이
를테면, 지난달 초입에 동생은

과정이 고통스럽지만 않다면 엄마 마음을 찢어 놓지 않는다면
내가 당장 내일이라도 죽지 못할 이유가 있을까?

라고 적고 있었다. 나는 그야말로 심장이 덜컥 내려
앉는 기분이었다. 그런데 동생을 팔로잉하고 있는 누군
가가 그런 말을 이렇게 담담하게 하면 더 서글프다는 식
으로 적자, 녀석은 기다렸다는 듯,

하긴 만약에 보영이가 이런 생각을 하고 산다면 저도 좀 눈물 날
것 같네요.

하고 답하는 것이었다.
보영이라면 배우 박보영을 말하는 건가? 하는 생각
이 들자마자 육성으로 에라이, 라는 말이 튀어나왔다. 녀
석은 원래 또랑또랑해 보이면서 사랑스러운 타입을 좋아
했으니 박보영을 지칭한 게 맞을 것이다. 죽네 마네 하는
소리를 늘어놓았지만 그저 문득 울적한 감상에 젖어서
쓴 게 틀림없었다.

나는 휴대폰을 겉옷 주머니에 쑤셔 넣었다. 그제야 한 박자 늦게 어지럼증이 일었다. 달리는 버스 안에서 휴대폰 화면을 들여다본 탓이다. 역시 남의 일기 같은 것은 읽는 게 아니었다. 바깥 공기라도 쐬면 좋으련만 그럴 수 없었으므로 나는 눈을 감고 법환포구의 일출을 떠올렸다. 그리고 지나치게 거세지도, 잠잠하지도 않은 바다의 파도 소리를 들으며 잠드는 상상을 하다가 실제로 잠이 들었다. 어찌나 곤히 잤는지 남양주에 도착해서도 멍한 정신으로 부모님 집에 도착했는데 그제야 엄마에게 오늘 방문하겠다고 연락을 넣지 않았다는 사실을 깨달았다.

이 순간 박 팀장이 눈앞에 있다면 내게 '당연히 해야 하는 일은 잊어버리고 쓸데없는 데 시간을 잡아먹는 꼴통'이라고 침을 튀기며 말했을 것이다. 일부는 그의 말이 맞을지도 모른다는 생각이 들자마자 나는 마음을 고쳐먹었다. 다시는 만날 일이 없는 박 팀장에게 비슷한 레퍼토리로 수없이 깨지다 보니 자존감이 쭈그러든 것일 뿐이다. 이제부터 회복해 나갈 것이다. 엄마에게 무슨 일이 있는지만 확인하자, 그리고 바로 떠나자, 하고 되뇌며 벨을 눌렀다. 잠시 뒤에 한 번 더 눌렀으나 반응이 없어서 휴대폰 메모장을 뒤적여 비밀번호를 찾아냈다.

집 안은 일 년 반 만에 온 것이라고는 믿기지 않을 만큼 살림이 늘어나 있었다. 그리고 늘어난 것들은 대부분 살림살이라고 부르기에도 민망한 잡동사니들이었다. 이를테면 내가 중3이었을 때 이 집으로 이사 오면서부터 거실에 놓여 있었던 사 인용 소파 위에는 각기 다른 색상과 모양의 쿠션이 다섯 개나 있었다. 소파 옆으로는 초등학교 교실에나 있을 법한 철제 의자가 자리했으며 그 앞에는 족욕기가 놓여 있었다. 또한 족욕기 너머의 베란다에는 길에서 주워 온 것으로 보이는 빈 화분과 낡은 우산 같은 잡동사니들이 늘어서 있었다.

쿠션 두 개를 옆으로 치우고 소파에 앉았더니 정면에 보이는 거실장에 촘촘히 들어찬 장식품들이 가슴을 더욱 답답하게 했다. 조개껍질, 압화와 말린 낙엽이 담긴 작은 액자, 싸인 볼 따위로 가득한 장식품 중에서도 압권은 타조 알 공예품에 비스듬히 기대어 앉은 못난이 인형이었다. 울고 있는 얼굴의 못난이 인형은 머리칼이 듬성듬성 빠져 있어서 을씨년스러워 보였다.

나는 대체 엄마가 어째서 이렇게 된 것인지 상상조차 되지 않았다. 여태 모르고 있었다는 사실에 죄책감도 느꼈다. 그러는 와중에도 나는 무슨 일이 있더라도, 내가 생각하는 것보다 더 심각한 상황이라도 반드시 제주도에 갈 것이라고 스스로에게 다짐하고 있었다. 아무리 이기

적이라는 말을 들어도 어쩔 수 없다는 생각을 하며 소파에 모로 눕자 뭔가가 따끔하게 등을 찔렀다. 손을 더듬어 보니 만능 칼이 잡혔다. 와인 병따개로 쓰이는 부분이 칼집 안에서 살짝 비어져 나와 있었다. 베고 누운 쿠션에서는 은근한 좀약 냄새가 났다. 한숨이 절로 나왔다.

그때 현관문이 열리는 소리가 났다. 엄마를 부르며 자리에서 일어났는데 집 안으로 들어온 사람은 뜻밖에도 동생이었다.

"야! 니가 왜 여기 있어?"

동생은 남색 트레이닝복 위로 허벅지를 긁적이더니 "누나는?" 하고 반문했다.

이 년여 만에 만나는 동생은 조금 여위어 보였다. 다만 녀석도 삼십 대에 접어들자 나잇살을 막을 수 없었는지 아랫배에 살집이 잡혀 있었다.

"엄마한테 할 말이 있어서 왔어."

"나야 뭐."

동생은 태평하기 그지없는 어투로 말을 끌었다.

"그냥 좀 쉬려고."

"연차 썼어? 야, 그건 그렇고 넌 어떻게 폰 번을 바꾸고 나한테 톡 하나 안 보내냐? 그리고, 집에 와서 엄마가 이러고 있는 걸 알았으면 나한테 연락을 했어야지. 일단 좀 앉아 봐."

식탁 의자에 앉기 위해서는 의자 위에 놓인 잡지를
내려놓아야 했다. 식탁 위도 너저분하기는 마찬가지였
다. 한쪽에는 중국풍 다구 세트가 먼지를 뽀얗게 얹은 채
겹쳐져 있었고, 플라스틱 바구니에는 약봉지가 두서없이
담겨 있었다. 자세히 보면 머리가 지끈거릴 것 같아서 시
선을 돌렸다. 동생은 손에 든 비닐봉지 속 내용물을 냉장
고 안에 넣기 시작했다.

"좀 앉아 보라니까."

"응, 듣고 있어. 얘기해."

"엄마가 말이야, 내가 온다고 했더니 오지 말라고 하
면서 뭔가 숨기는 눈치더라고. 도대체 왜 그러나 했는데
집 꼴 좀 봐. 이게 다 뭐야. 너도 이번에 안 거야? 아니면
전부터 알고 있었어?"

동생은 냉장고 문을 닫고 돌아서려다 냉동실 문 위
에 붙어 있던 손바닥만 한 메모지를 떼서 바지 주머니에
넣었다.

"그건 뭔데?"

"뭐, 별거 아냐. 아무튼 엄마는……."

동생은 식탁 의자에 앉으면 묘하게 허리가 아프다면
서 맞은편에 서서 이야기를 이어 갔다.

"일단 좀 지켜봐야 될 것 같아. 얘기를 하더라도 말이 좀 잘 통할 때 해야 되는 거잖아."

"지금은 말이 잘 안 통해?"

"응. 나도 진지하게 얘기해 봤는데 내 얘기는 안 듣고 엄마가 하고 싶은 얘기만 하더라고."

연신 허벅지를 긁적이던 동생은 말을 마치자마자 어찌나 크게 하품을 하던지 눈물까지 흘렸다. 그러고는 한숨 자고 일어나야겠다고 엉덩이를 긁적이며 방으로 들어갔다. 저러면서 용케도 죽지 못할 이유가 없다는 둥 하는 소리를 하다니. 부아가 치밀어 물을 들이켰다. 보리차인 줄 알고 마신 물에서는 흙 맛이라고밖에는 설명이 안 되는 맛이 났다.

수돗물로 입을 헹군 뒤에 엄마에게 집에 와 있다는 메시지를 남겼다. 그러고 부엌 안을 둘러봤다. 싱크대 안쪽에 밥솥이 세 대나 있는 것을 보자 헛웃음이 나왔다. 마음 같아서는 당장 내다 버리고 싶은 게 한둘이 아니었지만 그러다 일을 더 크게 만들까 싶어 겁이 났다. 그래서 식탁 위의 바구니를 집어 들었다. 유통 기한이 지난 약을 정리했다는 것은 엄마도 납득할 테니까. 그마저도 받아들이지 못한다면 당장 병원에 데려가야 하는 것일까? 병원에 가자면 순순히 갈까? 아빠는 여태 뭘 한 거지? 하는 생각을 하며 나는 식탁 위에 약봉지를 늘어놓았다.

빈 봉지만 남은 것, 유통 기한이 지난 것은 구석으로 치웠고, 다음으로 내용물이 어디에 쓰이는 약인지 알 수 있는 것과 없는 것을 나누기 시작했다. 그러던 중 동생 이름이 적힌 약봉지를 발견했다. 봉지 안에 든 반투명 종이 사이로 여러 개의 알약이 보였다. 하필 그때 엄마가 집으로 돌아왔기에 나는 우선 들고 있던 약봉지를 주머니에 찔러 넣었다.

"얘는 왔으면 쉴 일이지 지저분하게 왜 이걸 다 이렇게 벌여 놨어."

되레 엄마에게 '지저분하다'는 말을 들으니 일순 말문이 막혔다. 엄마는 어수선한 집 안과 다르게 깔끔한 감색 투피스 차림이었지만 갑자기 열 살쯤 나이가 들어 보였다. 그간 엄마의 머리칼이 반백이 되어 있었기 때문이었다.

"엄마, 다른 건 몰라도 약봉지 빈 거랑 유통 기한 지난 약들은 가지고 있어서 득 될 거 없어. 일단 이거 버린다?"

엄마는 "그러든가." 하더니 곁눈질로 냉장고 문 앞을 살피고는 한시름 놓았다는 표정을 지었다.

"거기에 뭐가 붙어 있었길래 그래? 아까 민석이가

떼던데."

엄마는 고개를 저었고 내가 할 말이 있다고 하자 안방으로 따라오라는 손짓을 했다.

안방은 거실보다는 덜 지저분했지만 침대 위는 패드가 몇 장이나 겹쳐서 깔려 있었고 그 두께만 반 뼘은 되는 것 같았다. 물론 그것들도 색상은 제각각이었다. 엄마는 침대에 걸터앉더니 심각한 얼굴로 "민석이가 너한테는 뭐라고 하디?" 하고 물었다.

"그게 그렇게 걱정이 됐어? 뭘 뭐라고 해. 별말 안 했어. 그보다 엄마, 도대체 언제부터 집을 이렇게……."

엄마는 내 말을 중간에 끊더니 "저기, 민주야. 너는 언제까지 있을 거야?" 하고 물었다. 빨리 가 줬으면 하는 눈치에 서운해져서 팔짱만 끼고 있자 엄마는 "그래. 저녁이나 먹고 얘기해 그럼." 하며 벌떡 일어났다. 기분 전환 겸 외식을 하자고 해 봤지만 어림없다는 듯 고개를 젓더니 엄마는 감자를 얇게 채 치기 시작했다. 내가 좋아하는 감자볶음을 만들겠다는 것이었다.

아빠의 등장은 마치 큐 사인을 받고 투입된 배우처럼 절묘했다. 엄마가 밥솥에서 막 밥을 푸기 시작한 순간에 딱 맞춰 집에 온 것이었다. 내가 이제 민석이를 불러오겠다고 하자 엄마가 손사래를 쳤다. 잠이 깨면 새로 밥을 차려 주겠다는 것이었다.

"뭣 하러 엄마가 두 번 일해. 쟤 깨우면 되지."

"자는 거 깨우면 괜히 짜증 내니까. 그냥 둬."

"그래서 밥상 두 번 차린다고? 쟤가 어린애야? 엄마, 이러다 나중에 쟤 와이프 될 사람한테 욕먹어. 버릇 잘못 들여놨다고."

내가 자리에서 일어나려 하자 이번에는 아빠가 부드럽게 어깨를 눌렀다.

"내버려 둬. 끼니때 못 챙기면 굶는 거지 뭐."

그러자 엄마는 뭔가 말하려다 속으로 삭이는 듯 가볍게 한숨을 쉬더니 이내 숟가락을 들었다.

어수선한 식탁 위에 차려진 식사였지만 음식 맛은 예전 그대로였다. 완전히 익기 전에 불에서 내려서 식감을 살린 감자볶음은 언제나처럼 내 입맛에 꼭 맞았다. 반면 된장국 속에 든 우거지는 국물과 함께 훌훌 넘어갈 만큼 부드러웠다. 엄마의 국과 반찬을 매일 먹을 수 있는 방법이 있다면 그게 무엇이든 할 수 있을 것만 같았다. 물론 부모님과 함께 사는 것을 제외한다면 말이다.

변함없는 것은 엄마의 음식 솜씨뿐만이 아니었다. 식사 중에 아빠는 여전히 입안에 음식을 문 채 큰 소리로 이야기했다. 쩝쩝거리는 소리를 내며 아빠는 한참이나 국비로 하는 직업 교육에 대해서 말을 이었다.

"나라에서 시켜 준다며, 그게 진짜 공짜냐? 은퇴한 사람도 받을 수 있다던데."

"공짜로 그냥 해 주는 게 아니라 먼저 자기 돈으로 결제하고, 제대로 교육을 받았다는 게 인정되면 나중에 환급해 주는 거야."

"인제 와서 당신이 뭘 배운다고 그래?"

엄마가 물었다. 자기 부담 후에 환급이 된다는 시점에 이미 아빠는 기가 꺾여 있었다.

"뭐가 많다던데 모르지. 진짜 공짜면 찾아볼까 한 거니까. 하기야 젊은 애들도 일자리 구하기가 하늘의 별 따기인데 나같이 늙은이가 몇 달 뭐 좀 배운다고 누가 어여 와서 일하십쇼, 하지야 않겠지?"

입속에 밥이 들어 있었으므로 나는 잠자코 고개를 끄덕이기만 했다. 그런 일자리 걱정에서 해방되고 싶어서 친구하고 내 가게를 가지기로 했다고 지금 말해 버릴까. 하는 김에 그냥 친구가 아니라 대학 때부터 만나던 남자친구라고 다 털어놓을까. 하지만 그러면 당장 결혼 계획부터 따져 물을 게 빤해서 입이 떨어지지 않았다.

그 날 밤 엄마는 내가 고등학교 때까지 쓰던 방에 이

부자리를 봐 줬다. 이불을 깔기 전에 방을 치운다며 삼십여 분이나 방 안팎을 들락거렸음에도 방 안에는 딱 이불한 채가 놓일 공간이 확보돼 있을 뿐이었다. 잠을 자다가 심하게 뒤척이기라도 하면 벽 쪽으로 쌓아 둔 두루마리 휴지 같은 것들이 내 위로 떨어질 것만 같았다.

나는 반듯하게 누워서 호선에게 전화를 걸었다. 신호음이 울리자마자 전화를 받은 호선은 내 짐이 잘 도착했다고 말했다. 그리고 인테리어 업자와 다툰 이야기를 했다. 그 사람은 인테리어 업자라기보다는 사기꾼이 아닐까 싶게 말을 계속 바꾸고 처음 약속한 날짜 안에 되는 것은 아무것도 없는 데 반해 묻지도 않은 지역 정보는 끊임없이 전해 준다고 했다. 오늘만 해도 관광객 신분이었을 때는 삼사만 원씩 주고 사 먹었던 모듬회를 그 덕분에 만오천 원에 포장해 온 참이라고 웃었다. 지금 웃고 있을 시점이 아닌데 회 몇 점에 제주 막걸리를 곁들이며 빈둥거리자니 어떻게든 되겠지 싶어졌다며 호선은 다시 한번 웃었다.

나 역시 그에게 오늘 있었던 일을 전했다. 그러자 호선은 민석이 저녁도 굶은 채 여태 자는 것이냐며 의아해했다.

"몸이 안 좋은 거 아냐?"

"그래 보이지는 않던데. 그런데, 참. 식탁에서 나온 약 중에 걔 것도 있었어."

나는 자리에서 일어나 벗어 둔 청바지 주머니에서 약봉지를 꺼냈다.

"감기라도 걸렸나 보지?"

"아까 봤을 때 감기 기운은 없어 보였거든? 암튼 얘도 좀 수상해."

"전에 우리 누나가 약 성분 알아보는 방법 알려 줬는데. 뭐더라? 잠깐만 기다려 봐."

몇 분이 지나서 호선은 한 인터넷 사이트의 링크를 메시지로 보내왔다. 거기에 알약의 색상과 모양, 표면에 새겨진 문자 등을 입력하면 해당 약의 성분과 효능을 알 수 있다는 것이었다. 트위터 일기장을 읽는 것과는 또 다른 느낌으로 양심에 찔렸지만, 인제 와서 모른 척할 수도 없었다. 나는 '아침'이라고 적힌 봉지 안에 있는 일곱 알의 알약을 하나씩 검색해 봤고, 화면에 뜬 내용을 몇 번이나 확인했다. 그러고서 동생의 트위터 계정을 다시 살펴봤더니, 이번에는 거기에 적힌 우울한 이야기가 모두 진심으로 읽혔다.

엄마에게 전해 들은 아빠의 일과는 단순했다. 아빠

는 동이 틀 때쯤 눈을 뜨면 양파껍질 차를 한 잔 마시고 만보계를 옆구리에 찬 뒤 약수터에 다녀왔다. 그리고 점심때까지는 주로 건강 정보 프로그램과 사극을 시청하며 소일한 뒤에 동네 기원에 가서 어슬렁거린다는 것이었다. 저녁 식사는 여섯 시 반으로 정했고, 그 시간에 늦으면 다시 차려 주지 않았으므로 공짜 술을 얻어 마실 건수가 없을 때는 항상 여섯 시 반에 귀가한다고 했다.

마침 오후부터 비가 왔으므로 나는 우산을 가지고 여섯 시 십 분쯤 기원 앞으로 가서 아빠를 기다렸다. 몇 분 지나지 않아 아빠가 건물 입구로 나왔다.

"아빠, 저녁 나랑 먹고 들어가. 내가 살게."

우산을 건네며 말하자 아빠는 당황하는 눈치도 없이 따라오라는 손짓을 했다.

근처 국밥집에 들어가 술국과 수육을 시키고서 아빠는 우선 잔에 소주부터 따랐다. 보조를 맞추기 위해 나도 소주를 마셨다. 빈속에 소주가 들어가자 목을 넘기는 순간부터 찌릿찌릿한 열기가 느껴졌다. 아빠가 다시 잔을 채워 줬을 때 나는 물었다.

"민석이 쟤 언제 이리로 온 거야? 쟤 회사 그만둔 거잖아. 나 대충 다 알고 왔으니까 그냥 사실대로 말해 줘."

아빠는 소주 한 잔을 더 마시더니 연거푸 한숨을 쉬

었다. 그러고 양손으로 두 눈을 몇 번이고 비볐다.

　"아니 그러니까, 그 자식은 정신 상태가 글러 먹었어. 옛말에 모난 돌이 정 맞는다고 안 그래? 다들 그냥 넘어가는 걸 가지고 새파란 신입이 이것도 안 된다, 저것도 안 된다, 그러다 큰일 난다, 그런 소리만 하면, 누가 그걸 가만두고 보냐 이거야. 내 말이 틀려? 시키는 일을 하고 못 하고를 말단 사원인 지가 정하는 게 아니라고. 내 자식이지만 기본이 안 돼 있는 거야 그건. 지만 옳고 세상이 다 지 발아래 있냐 이거야. 그런 교만이 어딨냐. 안 그래?"

　"아빠."

　"민주야, 들어 봐라. 그 회사가 어떤 회사냐. 나는 누가 뭐래도 거기 회장님 아주 존경해. 아니 할 말로 그 회사에서 뭐 죄도 지었다면 지었겠고 잘못도 있겠지. 없다는 게 더 말이 안 되지. 그렇지만, 민석이 놈처럼 그렇게 안 된다는 소리만 했어 봐라. 대한민국은 여태껏 보릿고개도 못 벗어났을 거라 이거야. 안 그러냐? 내가 그랬어. 위에서 뭘 시키건 눈 딱 감고 삼 년만 버텨 보라고. 그랬더니, 못 하겠다는 거야. 그러다 뭐? 사람이 사람으로 안 보일 것 같대냐? 참, 사내새끼가 약해 빠져 가지고. 그게 다 어릴 때부터 공부 좀 한다고 지 에미가 너무 오냐오냐 키워서 그래. 내 말이 틀려?"

"아우, 아빠! 내가 물어본 건, 민석이 쟤가 언제 집에 와서, 언제부터 저렇게 방에만 처박혀 있느냐는 거잖아."

아빠는 술잔을 소리 나게 내려놓으며 눈을 부라렸지만 때마침 수육이 나오자 언제 그랬냐는 듯 젓가락을 들었다. 그리고 점원에게 소주를 한 병 더 주문했다.

"지금 시킨 거까지만 잡숴. 지방간 도지면 골치 아프니까."

"어련히 그러려고 했어."

고기를 먹고 술을 마시며 수없이 쩝쩝거리는 소리를 내면서 아빠는 두서없이 말을 이어 갔다. 확실히 알 수 있었던 것은 동생이 회사에 입사한 지 일 년쯤 되었을 무렵에 사직서를 내고 싶다는 말을 했다는 것이었다. 그 날 아빠와 크게 다툰 뒤로 동생은 엄마의 전화도 피했고, 급기야는 휴대폰도 해지했다고 한다. 그러자 엄마는 반찬을 싸 들고 동생의 집으로 찾아갔는데 그때 이미 회사를 그만둔 상태더라는 것이었다. 종일 방 안에만 머무는 동생을 엄마가 며칠이나 설득해서 남양주 집으로 데리고 온 모양이었다.

양 볼이 푹 꺼져 보일 만큼 수척해진 동생은 만성 위궤양과 불면증에 시달리고 있다고 호소하며 부모님에게 몇 가지 규칙을 내밀었다. 나는 그게 냉장고에 붙어 있던 종이에 적힌 것이었으리라고 짐작할 수 있었다. 처음에 아빠는 동생이 내민 규칙을 싹 무시했는데 그러자 동생은 삼박 사일간 방 밖으로는 한 발자국도 나오지 않았다고 한다. 내가 식탁에서 발견한 우울증 약 복용을 중단하게 된 것도 그때부터였던 것 같다고 아빠는 말했다. 아빠는 엄마가 하도 울며 사정하는 통에 최소한의 규칙만 받아들이기로 했지만 여차하면 문을 따고 들어갈 수 있도록 동생 방의 열쇠를 가지고 있으며, 그 사실은 엄마한테도 비밀이라며 목소리를 죽여 속삭였다.

"그건 진짜 시한폭탄 터뜨리는 거 아냐? 민석이랑 차분히 얘기를 해 본 적은 있고?"

"나는 지금도 걔 말을 들어주는 게 아니었다고 봐. 막말로 어거지로 문을 따고 끌어내서 정신병원에 집어넣더라도 먼저 정신을 차리게 해 줘야지. 그게 부모 된 도리 아니냐. 내 말이 틀려?"

"아이 정말, 민석이랑 차분하게 얘기해 본 적이 있냐고 묻잖아, 아빠. 민석이랑 이렇게 눈 맞추고 얘기가 되느냐고."

"얘기가 되기는. 그냥 지 생각 속에 빠져 사는 거야. 내 얘기도 니 엄마 얘기도 안 듣고 그저 저 하고 싶은 얘기만 하는데 얘기는 무슨 얘기가 돼."

아빠는 어림없다는 듯 손을 내젓다가 쥐고 있던 젓가락을 무릎에 떨어뜨렸다.

"그래도 아예 방 안에만 있는 거 같지는 않던데. 어제도 밖에 나갔다가 들어오는 거 내가 봤거든."

"외출을 하기는 하는데 나랑 니 엄마랑 다 밖으로 나가야 지도 나오니 어딜 가서 뭔 짓거리를 하는지 내가 알 수가 있어야지."

"그럼 그건 내가 한번 알아볼게."

아빠는 젓가락을 옷섶에 쓱쓱 문질러 닦더니 까딱 잘못하면 그런 애들이 나중에 부모도 때리고 낯모르는 사람들한테 칼도 휘두르더라고 마치 본 것인 양 말했다. 덜컥 겁이 나서 동생에게 그런 조짐이 보이더냐고 묻자 뉴스에서 많이 봤다는 대답이 돌아왔다. 나는 다시 한 번 아빠가 보기에는 민석이가 그렇게 위험해 보이더냐고 질문했다. 그러자 아빠는 요새 뉴스 보기가 겁난다며 최근에 일어난 강력 범죄 사건들에 대해 줄줄 읊었다.

어느새 비가 그쳤는지 창밖으로 보이는 사람들은 더 이상 우산을 받치지 않고 있었다. 아빠는 돌연 내게 밤늦게 나다니지 말라는 말로 이야기의 결론을 냈다. 문득, 아빠는 저렇게 자기가 하고 싶은 말만 하는데 나도 좀 그러면 어떠랴 싶은 생각이 들었다. 나는 잔 안에 남아 있는 미지근한 소주를 천천히 들이켠 뒤에 아빠의 눈을 똑바로 보고 말했다.

"아빠. 실은 나 진짜 하고 싶은 게 따로 있어. 너무 늦기 전에. 나 그거 꼭 할 거야."

"그러게 너무 늦지 않게……."

아빠는 먼저 자리에서 일어나며 말을 이었다.

"일찍 일찍 집에 들어가란 말이야. 세상이 험하니까."

계산을 마치고 나왔을 때 아빠는 국밥집 앞에 누군가 버리고 간 우산을 펴 보고 있었다. 짙은 남색의 낡은 우산은 살이 두 개나 부러져 있었지만 아빠는 진지한 얼굴로 우산살을 하나씩 톡톡 건드려 봤다. 그걸 가져가서 어쩔 셈이냐는 질문에는 대꾸하지 않았다. 결국 우산을 접어서 옆구리에 끼는 아빠에게 나는 더 이상 제대로 된 대답을 듣기를 포기했다. 비가 온 뒤라 그런지 바람이 찼다. 집에 가자마자 뜨거운 물로 샤워를 했는데 나는 그제야 국밥집에 내가 가져간 우산을 두고 온 사실을 깨달았다.

엄마에게 나까지 회사를 그만뒀다는 말은 차마 할 수 없었다. 나는 여름에 사용하지 않은 휴가를 쓰는 중이라고 둘러대고 목소리를 낮춰 동생에 관해 물었다. 그러자 엄마는 안방에 들어가서 얘기하자고 속삭였다. 그리고 보기 안쓰러울 정도로 눈물을 흘리면서도 내가 건넨 질문에 숨김없이 대답해 줬다. 동생이 부모님에게 내밀었다는 규칙은 다음과 같았다.

방 안으로는 절대로 들어오지 말 것.
식사를 강요하지 말 것.
텔레비전 볼륨을 10 이상으로 틀어 놓지 말 것.
하루에 한 번은 두 사람 모두 한 시간 이상 외출할 것. (이때 방문을 세 번 두드려 알려 줄 것.)
냉장고 야채 칸은 자신만 쓰는 공간으로 할 테니 비워 둘 것.

"다른 건 그렇다 치고, 왜 엄마 아빠한테 매일 외출을 하라는 건데?"

내가 묻자 엄마는 손등으로 눈물을 훔치며 그래야 방 밖으로 편하게 나와서 요리도 하고 욕실을 쓰고, 가끔은 외출도 하는 모양이라고 대답했다. 진작 엄마한테 물어볼 걸, 하는 후회가 드는 동시에 속이 타면서 입술이 바짝바짝 말랐다. 이런 상황에 엄마를 내버려 두고 혼자 멀리 떠나도 되는 걸까. 결국 내가 제주행을 포기하게 되지는 않을까. 그러한 예감에 가까운 불안감이 들었다.

"엄마, 그렇게 맨날 나갈 데는 있고?"

"덜 더운 날은 옆 단지 놀이터도 가서 앉아 있다 오고 그러는 거지. 장 봐야 되면 그때 장 보고. 푹푹 찌는 날은 은행 가서 있었는데, 옛날 같지 않아서 요새는 은행에 한참 앉아 있으면 눈치 주더라. 그래서 장마 오면 어디 가 있나 걱정은 걱정이야 사실."

우리는 거의 동시에 한숨을 쉬었다. 엄마는 동생이 어떻게 이런 규칙 같은 걸 만들 생각을 했는지 모르겠다며 비통한 표정을 지었다. 위로가 될 것 같지 않아서 전하지는 않았지만 이 '규칙'이라는 것이 동생 혼자 만든 작품은 아니었다. 나는 그와 같은 사실을 동생의 트위터 일기장 내용과 동생과 자주 대화를 나누는 몇몇 이들의 트윗을 꼼꼼하게 뒤져 본 덕에 알게 되었다.

동생은 여덟 달 전에 지금의 계정을 시작한 이래 자신이 은둔형 외톨이와 같은 생활을 하고 있다는 것을 드러내 놓고 밝힌 적은 한 번도 없었다. 한 주 동안 방안에만 틀어박혀 있었다는 표현 대신 '이것으로 엥겔지수 100%의 생활 일주일째'식의 비유를 사용했고, 그 점을 보면 스스로도 지금과 같은 생활을 완전히 인정할 수는 없는 것 같았다.

그런 한편 동생은 자신보다 더 먼저 집 안에 틀어박

힌 채 생활하는 일종의 '선배'들과 트위터상에서 자주 대화를 주고받았다. 그들은 비타민D 부족의 해결 방안 같은 실질적인 정보를 나누기도 하고, 우울증 약의 부작용에 대해 논박을 펼치기도 하고, 못해도 일 년 차는 돼야 진정한 '은둔'이라고 할 수 있다는 등 자학 개그를 주고받기도 했다. 동생은 그중에서 비교적 신참내기에 속하는 듯 정보를 주기보다는 얻는 쪽이었다.

여러 '은둔 선배' 중에서 동생에게 영감을 준 사람은 '이 생활에 접어든 지도 햇수로 삼 년 차'에 이르렀다고 밝힌 이였다. 그는 올해 초에 가족들과 일종의 합의에 이르렀다고 적고 있었다. 그리고 자신과 같은 처지에 있는 이들에게 우선 가족과 나름의 규칙을 만들 것을 권한다고 덧붙이면서 규칙의 내용을 공개했다. 그것은 동생이 부모님에게 들이민 것과 거의 비슷한 내용이었다.

동생의 트위터 일기장을 뒤지며 알게 된 또 다른 사실 한 가지는 녀석이 주기적으로 자신이 왜 살아 있는지 모르겠다거나, 사는 의미가 없다고 적고 있는 점이었다. 그러고 나면 곧이어 이런 모습을 보이고 엄마에게 걱정을 끼친 데 대한 죄책감에 대해 이야기했다. 죄책감을 느끼니 당연히 우울할 테고, 우울하니 점점 더 아무것도 하고 싶지 않을 것이므로, 지속되는 무기력감 속에 자신이 살아 있는 이유를 모르겠다는 이야기가 주기적으로 반복되고 있었다.

읽기만 해도 나까지 살맛이 안 나는 그 이야기들 가운데 유일하게 활력이 도는 것은 면 요리에 관한 트윗뿐이었다. 특히 동생은 '덕의 추천'이라는 계정을 신뢰하는 듯 자주 리트윗하기도 하고 추천 덕분에 정말 맛있게 먹었다는 댓글도 여러 번 남겼다.

'덕의 추천'의 계정주는 스스로를 면 요리, 그중에서도 특히 라면 없이는 하루도 살 수 없는 '라면 덕후'라고 소개하며 국내외의 인스턴트 라면과 컵라면에 대한 정보와 시식 평을 주로 업로드하고 있었다. 팔로워 수는 삼천 명이 넘었는데 그것은 동생이나 '은둔 선배'들의 팔로워 수에 비하면 몇백 배나 되는 숫자였다.

그는 맛에 대한 미사여구를 자제하고 면의 굵기와 탄력, 국물의 농도와 염도, 매운 정도, 전체적인 기름기, 건더기 스프의 구성 등을 상세하게 적었다. 또한 주말에는 S편의점에서 아르바이트를 하고 있다며 편의점의 신상 군것질거리와 도시락에 대해서도 발 빠르게 소식을 전했다.

나는 가족들의 눈을 피해 냉장고의 동생 전용 칸인 야채 칸 안을 살폈다. 예상대로 '라면 덕후'가 일하는 S편의점에서 새로 출시된 대용량 커피 우유와 속 재료의 볼륨이 20% 풍성해진 샌드위치가 눈에 보였다. 정확도를 높이기 위해 비닐봉지를 모아 둔 싱크대 서랍 속 한 뼘 길이로 묶여 있는 수많은 봉지 중 하얀색 봉지만을 하나씩 풀어 봤다. 세 개 연달아 허탕이었지만 네 개째, 드디어 S편의점 봉투가 나왔다. 열다섯 장을 펼쳐 보니 그중 여섯 장이 S편의점의 것이었다.

엄마는 동생의 짧은 외출을 일주일에 두세 번 정도로 추측하고 있었다. 그때 동생이 편의점에만 들르는 것이 아닐지는 모르지만 최소한 편의점에 들를 가능성이 높다는 사실이 확실해졌다.

집 근처 십 분 거리 안에는 대로를 마주하고 두 곳의 S편의점이 있었다. 그중 더 큰 곳은 길 건너에 있는 매장이었다. 녀석이 집에서 가장 가까운 곳을 갈지, 좀 더 큰 매장을 찾을지는 알 수 없었기에 나는 작은 매장 옆에 있는 커피숍의 창가 자리를 지키기로 했다. 그곳에서 두 편의점의 입구를 살피고 있다가 동생이 나올 때쯤 따라 나가서 대화를 시도해 보려는 계획이었다. 부모님의 시야를 벗어나면 조금은 편하게 말할 수 있지 않을까. 일단 그 점만을 생각하기로 했다.

미행이라고 말하기는 거창하지만 어쨌든 난생처음

으로 숨죽여 누군가의 동태를 살펴보고 나서 나는 그 일이 압도적인 지루함을 동반한다는 사실을 알게 됐다. 두근거리며 긴장하기도 잠시, 샷을 추가한 아메리카노를 마신 뒤에도 졸음이 쏟아지자 손톱으로 손끝을 찍어 누르고 거스러미를 피가 나도록 뜯으며 잠을 쫓아야 했다.

부모님이 오후에 외출하기 한 시간 전에 나와서 졸음과 사투를 벌이며 저녁 식사 시간까지 기다려 봤으나 아무 성과가 없었다. 그렇게 이틀을 보내고 사흘째, 나는 군것질을 하며 잠을 쫓기로 했다. 카페에서 샷을 추가한 아메리카노와 쿠키 다섯 개를 주문한 뒤 바삭거리는 쿠키를 천천히 조금씩 씹어 먹었다. 카페 주인은 사흘 내내 같은 시각에 같은 자리에 와서 창밖을 노려보는 내게 꺼림칙한 시선을 던지는 듯했지만 쿠키가 하나 남았을 때쯤 직접 만든 것이라며 견과물 바를 서비스로 내왔다. 아몬드와 캐슈너트, 그래놀라를 조청으로 이어 붙인 것으로 손가락 두 개 정도의 크기였다.

입안이 다디달았지만 선택의 여지가 없었다. 나는 새로 주문한 녹차로 입안을 가볍게 헹군 뒤에 한데 뭉쳐 있는 견과물을 낱개로 떼어 내듯이 조금씩 입에 물고 최대한 천천히 씹었다. 그러다 아몬드 한 알이 바닥에 떨어졌고 그것을 주워서 다시 자리에 앉았을 때, 통유리창 밖에서 나를 쳐다보고 있는 동생과 눈이 마주쳤다. 의자에서 떨어져 엉덩방아를 찧는 것만 겨우 피한 나는 놀란 표정을 감추지 못한 채 "잠깐만 기다려!" 하고 소리쳤다. 그러자 동생이 고개를 까딱거렸다.

나는 속으로 침착해야 한다고 되뇌었다. 그렇지만 생각뿐, 녀석이 나를 언제부터 보고 있었는지, 뭐라고 말을 건네야 할지 머릿속이 하얬다. 후들거리는 손으로 카드를 건네는 내가 불안해 보였는지 카페 주인은 목소리를 낮춰 "혹시 제가 도와드려야 되는 상황이면 아무 말 말고 눈만 찡긋거려 주세요." 하고 말했다.

"괜찮아요. 제 동생이거든요. 고맙습니다."

그렇게 말하고 나자 한결 마음이 차분해졌다. 그러나 여전히 동생에게 무슨 말부터 건네는 게 좋을지 알 수 없었다. 심호흡을 하고 카페 밖으로 나왔을 때 동생은 얼굴에 미소까지 띤 채 느긋한 어투로 물었다.

"누나 지금 안 바쁘면 나랑 어디 좀 같이 가 줄래?"

동생은 버스와 지하철에서 습관처럼 허벅지를 긁적거렸다. 우리는 한 시간 남짓 두 번의 환승 끝에 6호선 지하철을 탈 수 있었다. 한 정거장이 지나자 자리가 났고, 나란히 앉은 뒤에야 나는 동생이 허벅지를 긁는 것이 아니라 그런 척하며 손에 밴 땀을 면바지에 닦는 것이라는 사실을 깨달았다. 하지만 녀석의 얼굴은 평온하기 그지없었다. 입가에는 미소까지 머금은 얼굴과 깔끔한 옷차림만 보면 누구도 녀석이 대중교통을 이용하는 것만으로 양손이 땀으로 젖을 만큼 긴장한다는 사실을, 동네를 벗어나 이태원에 있는 베트남 식당에 가는 것이 두려워 내게 동행을 부탁했다는 것을 짐작할 수 없을 터였다.

동생은 지하철에서 내리자마자 갑자기 쉴 새 없이 떠들기 시작했다. 녀석에 따르면 흔하게 접할 수 있는 쌀국수가 사이공식인 데 반해 이곳은 하노이식이라고 했다. 따라서 소고기 국물 맛이 한결 깊은 데다 건더기로 들어있는 고기가 두툼하고 푸짐하다는 것이었다. 회사에 다니던 시절에 방문한 것일까 싶어 언제 가 봤느냐고 묻자 "아니 뭐, 여기저기서 추천을 받았지."라는 대답이 돌아왔다.

메뉴판을 받아 든 동생은 국물 쌀국수는 무조건 시킬 거라고 말한 뒤에도 몇 분이나 시간을 끌었다. 대체 뭐가 그리 고민이냐고 묻자 양념을 쌀국수에 끼얹어 비벼 먹는 분보싸오와 한 젓가락씩 집어서 적셔 먹는 분짜 중 무엇을 골라야 할지 고민 된다고 했다.

"이 동네 자주 올 것도 아니고 둘 다 시켜. 내가 낼게."

"아니야. 내가 오자고 했잖아. 내가 살게."

"모아 둔 돈이 아직은 좀 남았나 보네?"

동생은 곤란한 것인지 언짢은 것인지 알 수 없는 애매한 얼굴을 하더니 시선을 피했다. 마침 서버가 우리 곁으로 다가오자 동생은 "콜라도 하나 시키자."라고 말하며 슬그머니 메뉴판을 내 쪽으로 밀었다. 나는 녀석이 궁금해했던 음식 전부를 주문했다. 그러고 덮었던 메뉴를 다시 열어 알콜 메뉴를 살펴보고 맥주 한 병을 추가했다.

"그게 내 문제야."

서버가 멀어지자마자 동생이 말했다. 주문조차 직접 하지 못하는 것을 뜻하리라고 짐작하면서도 뭐가 문제냐고 되묻자 동생은 "결정 장애. 자신이 없어서 그런가 봐."라고 말했다.

나는 먼저 나온 맥주를 마시며 어떤 식으로 이야기를 시작해야 할지 가늠해 봤다. 엄마의 눈물을 보면서는 설령 동생에게 상처가 될 법한 모진 말이라도 할 말은 반드시 하겠다고 다짐했다. 그러나 막상 단둘이 대화할 기회가 생기자 마음이 약해졌다. 모아 둔 돈이 남았냐는 질문에 제대로 대답해 보라는 말도 입속에서만 맴돌았다.

"너한테 미리 얘기해 둘 게 있어."

나는 잔에 남은 맥주를 들이켰다.

"아직 엄마 아빠한테는 얘기 안 했는데, 나 제주도

갈 거야. 잠깐 아니고 아예 살려고 가는 거야. 이번에 엄마한테 그거 말하려고 왔는데 못했으니까 일단 너만 알고 있어.”

“누나 혼자?”

“아니.”

나는 고개를 저었다.

“호선이 형이 같이 가자고 꼬셨나 보구나.”

“어떻게 알았어?”

“그런 사람 있잖아. 온몸 불살라서 일하다가 다 때려치우고 쿠바나 인도 같은 나라로 멀리 떠나는 사람. 갔다 와서는 책도 한 권 내고. 그 형은 전부터 그렇게 한 번 지를 것 같은 그런 느낌이 있었어.”

“야. 요새는 그런 책 너무 많아서 출판사에서도 안 받아 준대.”

내 말에 동생은 하긴 그렇겠다며 피식 웃었다.

하나씩 음식이 나오자 동생은 먼저 쌀국수의 국물부터 한입 맛봤다. 미간까지 살짝 찌푸리며 고개를 연신 끄덕이는 것으로 보아 국물 맛이 만족스러운 듯했다. 이후에도 동생은 진중한 얼굴을 하고 종류가 다른 세 가지 면 요리를 번갈아 가며 먹었다.

대학 시절 이 년쯤 함께 자취할 때 동생은 항상 계걸

스럽다 싶을 만큼 식사 속도가 빨랐다. 라면을 끓이면 국물을 냄비째 들고 마신 뒤 우렁차게 트림을 하는 꼴 보기 싫은 버릇도 가지고 있었다. 그러나 지금 동생의 식사 속도는 성인 남자치고는 꽤 천천히 먹는다는 느낌이 들 정도로 느렸다. 그러던 와중에 문득 동생은 손에 쥐고 있던 스푼을 골똘히 바라봤다.

"이런 숟가락은 아무 데서나 다 팔까? 이런 게 있으면 국물 먹을 때 좋잖아."

동생이 말했다. 숟가락은 일반적인 밥숟가락보다 오목한 부분이 조금 더 깊이 있게 파여 있는 타원형이었다. 내가 하나 사 줄까 물으니 동생은 고개를 저었다.

"집에 뭐 더 둘 데도 없을걸."

"하긴. 아빠가 그렇게 주워 오는데 뭘 더 늘리면 안 되겠지."

"아빠라고?"

동생의 숟가락질이 멈췄다.

"그래. 엄마가 아니고 아빠야. 나도 당연히 엄만 줄 알았는데 아빠더라고. 나도 직접 보고서야 알았어."

"아니, 옛날에는 아빠가……."

동생은 기가 막혀 말을 잇지 못했다. 내가 대학에 가기 전에 우리가 함께 살 때만 하더라도 아빠는 버릇처럼 집 안 곳곳을 손바닥으로 쓸어 보고 손에 먼지가 묻으면 집에서 하는 일이 뭐냐며 엄마를 들볶던 사람이었다. 그 '옛날'에는 나도 하루빨리 대입을 치르고 '인 서울' 할 날만을 꿈꿨다. 집에서 벗어나는 게 절실했다. 그로부터 십수 년 뒤에 이토록 절실하게 서울에서 탈출하고 싶다고 생각하게 될 줄은 몰랐다. 물론 그때 늘 1등을 도맡아 하며 엄마의 자랑이자 유일한 희망이었던 동생도 훗날 자신이 집 안에만 틀어박혀 있게 되리라고는 상상도 하지 못했을 것이다.

동생은 미간을 찌푸렸고 그와 동시에 숟가락을 쥔 손도 움직임을 멈췄지만 이내 면 요리에 집중했다. 맥주병을 비운 나는 잠시 망설이다 베트남 보드카라는 설명이 적혀 있는 넵 모이 샷을 주문했다. 구수한 향이 감도는 투명한 독주를 꿀꺽꿀꺽 삼키고 나자 얼굴까지 열이 오르면서 절로 숨이 몰아쉬어졌다. 동생이 내게 괜찮냐고 물었다.

"이 판국에 나만 혼자 제주도에 가도 되나 모르겠다. 내가 너무 이기적인가 싶고."

"그렇다고 나 때문에 누나가 안 가는 것도 말이 안 되잖아."

동생이 말했다. 맞는 말이었다. 실은 동생이 어떤 상

태에 놓여 있다 하더라도, 엄마가 아무리 눈물을 흘린다해도 제주도행을 포기할 마음이 없었다. 술의 힘을 빌어서도 입 밖에 내지 못했으나 사실, 그게 내 진심이었다. 눈물이 핑 돌았다.

테이블에서 일어났을 때 다시 한 번 내가 계산하겠다고 말해 봤지만 동생은 괜찮다며 고집을 피웠다. 계산대 앞에서 한참 실랑이를 하는 것도 꼴불견일 것 같아서 결국은 내가 물러났다. 동생은 사만구천 원이라는 금액을 듣더니 지갑에서 빼던 카드를 도로 집어넣고 다른 카드를 내밀었다.

다시 6호선에 올랐을 때 동생은 식곤증 때문인지 내내 졸았다. 녀석에게 어깨를 빌려주고 싶었지만 한 뼘 가까이 차이 나는 키 때문에 불가능한 일이었다. 지하철을 갈아탈 때까지 나는 윗입술이 약간 들린 채 꾸벅꾸벅 조는 동생의 모습을, 귀밑머리에 섞인 새치를 바라만 봤다. 그리고 잠시 고민하다가 엄마에게 귀가 예상 시간을 알리고 그때는 안방에 계셔 달라고 부탁하는 메시지를 보냈다.

집 근처에 다다르자 초조한 기분이 고개를 들었다. 동생에게 무슨 일이 있었던 것인지, 앞으로는 어떻게 할 요량인지 하나도 묻지 못했기 때문이었다. 아파트 단지 입구에 들어섰을 때 나는 동생에게 나중에 제주도에 한 번 놀러 오지 않겠느냐고 물었다. 그러자 동생은 진심으로 묻는 걸까, 하는 표정으로 나를 쳐다봤다.

"너, 면 요리에 환장하잖아. 내가 가는 데 근처에 엄청 유명한 해물 라면집 있대. 딱새우 많이 넣어서 국물이 기가 막힌다던데?"

"혹시 거기에 문어랑 오분자기도 넣어 주는 데 말하는 거야? 나도 거기 사진 본 적 있어."

동생은 신이 나서 제주도에 있다는 해물 라면과 쫄면 사리를 넣는 회국수 맛집의 이름을 줄줄 읊었다. 나는 녀석의 얘기에 열심히 고개를 끄덕이며 집 안으로 들어섰다. 미리 부탁을 드린 덕에 부모님은 거실에 계시지 않았다. 동생도 안도하는 눈치였다. 그리고 제주도에서 유명하다는 우동집에 대해 얘기를 이어 갔다. 지금 아니면 기회가 없었다. 나는 동생의 말에 열심히 맞장구를 치며 녀석이 방심한 틈을 타 재빨리 방 안으로 따라 들어갔다.

"누나, 뭐야. 왜, 내 방에, 여기 왜 들어온 건데!"

일순 동생의 얼굴이 벌겋게 달아올랐다. 나와 녀석 사이의 거리는 한 뼘 정도밖에 되지 않았다. 동생은 당장에라도 나를 밀어내려는 듯 두 손을 들고 있었다. 손끝부터 팔까지 덜덜 떨리는 게 보였다.

"일 분만 봐 줘. 응? 아직 우리 얘기 중이었잖아. 너는 그런 정보들은 다 어디서 보니? 인스타 같은 거 해? 아님 트위터?"

덤덤한 척 물었지만 나는 방문에 꼭 붙어 서 있었다. 심장이 아프도록 빠르게 뛰었다. 동생의 방은 환기하지 않은 공간 특유의 먼지 냄새가 날 뿐 집 안 어느 곳보다도 깔끔하게 정돈돼 있었다.

"트위터도 하고 뭐 인스타랑 많지 뭐. 암튼 누나 이제 그만……."

"알았어, 알았어."

나는 급히 말을 이었다.

"미안해, 갑자기 놀라게 해서. 그런데 나도 네 부탁 듣고 거기까지 갔다 왔으니까 이 말만 하자. 들어 봐."

"알았으니까 빨리 얘기하고 나가 줘."

동생은 무너져 내리듯 방바닥에 주저앉았다.

"아빠 얘기야. 아빠가 엄청 불안해하셔. 너도 알잖아. 사람이 불안하면 뭐라도 해야 되잖아. 그래서 아빠가 언제까지 이렇게 보고만 있을지 몰라. 그러니까 내 말은 아빠가 갑자기 네 방문을 뜯고 들어올지도 모른다는 얘기야."

"아빠가 누나더러 그렇게 전하래?"

"그게 아니라 내 느낌에 그렇다고. 집 꼴을 보면 모르겠어? 어제도 다 떨어진 우산 집어 오는 걸 내가 봤다니까. 아빠가 그러는 게 상상이 돼? 아빠도 지금 어디로 튈지 모른단 말이야. 막말로 아빠가 밀고 들어오면 네가 힘으로 막으면 그만이겠지. 그런데 그걸 엄마가 다 봐야 되잖아. 그게 불쌍하잖아."

그야 그렇다는 듯 녀석은 고개를 떨어뜨리고 양손에 밴 땀을 바지에 문질러 닦았다.

"난 그때 여기 없을 거야. 알잖아. 그러니까 막아 주지도 못한다고. 그래서 얘기하는 거야. 일주일에 한 번이라도 좋아. 그냥 엄마 아빠가 어떻게 지내는지 좀 나한테 전해 줘. 너무 부담 갖지 말고. 딱 일 분만 시간 내서. 응? 메일이든 톡이든 괜찮아. 너 힘든 거 아는데 엄마 아빠랑 최소한의 대화라도 해야지. 그래야 아빠가 문 뜯고 쳐들어오는 거까지는 안 갈 거 아냐."

동생은 잠시 뒤에 고개를 끄덕였고 들릴 듯 말 듯 한 목소리로 "알았어." 하고 말했다. 내 휴대폰 번호는 외우고 있느냐고 물었더니 녀석은 고개를 저었다. 나는 메모장에 휴대폰 번호와 메신저 ID, 메일 주소를 적어 두고 다시 한 번 부탁한다고 말한 뒤에 그 방에서 나왔다. 다리가 후들거렸다. 어쨌건 지금 당장 내가 할 수 있는 일은 했다. 나는 나 자신에게 그렇게 말했다. 내일이 되면 이 집을 떠날 것이다. 그리고 다음 주에 제주도로 향할 것이다. 그것을 막을 수 있는 것은 아무것도 없다고 되뇌며 나는 컴컴한 거실을 지나 내가 잘 방으로 향했다.

✤ 테이스팅 노트

넵 모이

제조국 **베트남** / 도수 **39.5도**

라벨을 통해 얻은 정보

붉은 라벨의 상단에 위치한 제품명 아래는 보드카라는 표기가 보이며 그 양옆으로는 벼 이삭 그림이 위치한다. 검색해 보니 넵 모이의 넵(nep)은 찹쌀을 뜻하고, 모이(moi)는 새롭다는 의미라고 한다. 성분 표시 부분에는 쌀(99.9%), 구연산, 효모만 적혀 있다. 이를 통해 상당히 순도가 높은 증류주임을 알 수 있다.

일반적으로 보드카가 무색무취인 특징을 지닌 것과 달리 넵 모이는 무색이지만 뚜렷한 향을 느낄 수 있다. 곡류의 달콤함과 구워 낸 듯 따스한 향이 함께 느껴지는데 한마디로 말하자면 누룽지 사탕의 향이다. 익숙하고도 또렷한 향으로 인해 처음 마실 때에도 이국적이기보다는 편안한 인상을 받았다. 향뿐만 아니라 맛에도 누룽지 맛이 배어 있어서 보드카 중에서는 부담 없이 느껴지는 편이다. 그러나 입안에 단맛이 남지는 않는다. 중간 정도의 바디감에 목 넘김 후 퍼지는 알콜의 기운은 여느 보드카와 대동소이하다.

베트남에서는 대중적 인기를 자랑하는 술이라는 넵 모이는 한국의 경우 (2019년 상반기 기준) 일반 대형마트나 주류 판매점에서는 구할 수 없고 베트남 음식점에서 마실 수 있다고 한다. 판매 방식은 영업장에 따라 차이가 있어서 병째로 주문하는 것만 가능한 곳이 있는 반면, 잔술도 판매하는 곳, 넵 모이를 베이스로 한 칵테일 메뉴까지 구비한 곳도 찾아볼 수 있다.

민주는 넵 모이를 잔술로 주문해 스트레이트로 마셨다. 상황이 상황이니만큼 당시에는 특유의 향을 즐기지 못했지만 이후에 민주는 그 날의 일을 되새길 때마다 강력한 알콜 기운을 감싸고 있던 구수한 누룽지 향을 떠올리게 됐다.

부활의 맛

'정념'이라고 적힌 숙소로 돌아오자마자 호정은 앓는 소리를 내며 방바닥에 몸을 뉘었다. 라텍스 매트가 허리를 받쳐 주는 집 침대에 비할 바는 아니었지만 선득한 온돌 마루에 살이 닿는 느낌에도 나름의 맛이 있었다. 게다가 이 시간에 드러누워 본 것이 얼마 만이던가. 그대로 잠을 청한다면 오랜만에 숙면을 취할 수 있을 것만 같았으므로 호정은 이제 곧 저녁 공양 시간이라는 점이 안타까울 따름이었다.

"엄청 피곤하셨나 봐요."

호정과 같은 방을 배정받은 수빈이 말했다. 템플스테이에서 같은 방을 배정받게 된 사이에 차마 "아직 숙취가 좀 남아서……."라는 말이 나오지 않았던 호정은 애매한 미소로만 대답했다.

잠시 짐 정리를 하던 수빈은 가방에서 카메라를 꺼내더니 살그머니 방 밖으로 나갔다. 호정은 살짝 열린 문틈으로 발소리와 셔터가 눌리는 찰칵거리는 소리를 들으며 꼼짝도 하지 않고 누워 있다가 "이제 가야 된대요." 하는 수빈을 따라서 공양실로 향했다.

식사는 뷔페식이었다. 막연히 발우공양을 예상하고 있던 호정은 한결 가벼운 마음으로 널따란 접시를 들었다. 그 위에 더덕무침과 취나물을 넉넉히 올리고 노릇

한 버섯전을 담았다. 하얀 고물이 묻은 떡도 두 조각 골랐다. 국은 시래기 된장국이려니 했는데 막상 한술 뜨자 시래기가 아니라는 것을 알 수 있었다. 시래기와도 아욱과도 다른 푸성귀였다. 곰곰이 들여다봐도 호정은 푸성귀가 어떤 종류인지 알 수 없었지만 씁쓰레한 듯하면서 깊은 맛이 나는 국물의 근원에 관해서는 확신이 들었다. 그것은 외할머니가 돌아가신 뒤에 참으로 오랜만에 맛보는 집된장의 맛이었다. 장식적인 단맛이나 감칠맛으로 눈속임하지 않은 깔끔하고 개운한 국물이 마냥 반가웠다. 호정은 밥과 반찬에는 손도 대지 않고 국그릇 먼저 비웠다. 그제야 속이 좀 풀리는 것 같았다.

이마와 인중에 밴 땀을 닦아 내며 호정은 인정할 수밖에 없었다. 이제 자신의 몸은 위스키를 넉 잔 마시면 숙취의 여운이 이튿날 오후까지 남는 상태가 되었다. 안주 없이 폭음하는 버릇을 고칠 때가 됐다고 재차 실감했다. '안주 없이 폭음하는 버릇'을 달리 말하면 '알콜 의존증'이 되리라는 것도 잘 알고 있었지만, 실감이 곧장 다짐으로 이어지지는 않았다. 솔직히 호정은 그럴 자신이 없었다.

독주의 기운을 빌려 쓰러지듯 누워야 비로소 깊은 잠에 빠질 수 있기 때문이었다. 사실 자주 폭음을 하는 것은 아니었다. 대략 한 달에 두어 번쯤, 이튿날 진료 걱정이 없는 토요일 새벽에 물 한 방울을 떨어뜨린 위스키를 서너 잔 들이켜고 잠자리에 들었다. 그러면 잠들기까지 한참 동안 뒤척이지 않아도 됐다. 게다가 새벽녘에 온갖 걱정거리들을 떠올리는 일도 피해 갈 수 있었다.

사십 대에 접어들고 자신의 이름을 내건 병원을 운영하게 된 후에 호정을 괴롭히는 근심 걱정의 규모는 확실히 전보다 커졌다. 특히 아직 동이 트지 않은 어둠 속에 불현듯 잠에서 깨어나면 평소에 별수 없다고 받아들이고 있던 일까지 날카로운 촉수를 드러내고 머릿속 이곳저곳을 찔러 댔다.

또래 사이에서 겉돌기만 하는 숫기 없고 소극적인 외아들을 어쩌면 좋을지. 교수 임용을 계기로 홀로 타지 생활하고 있는 남편에 대한 걱정과 원망이 뒤섞인 감정을 어째야 하는지. 불현듯 제주도에 가서 자리를 잡겠다는 막내동생 호선을 말렸어야 하는 게 아닌지. 칠순이 다 되도록 헛돈 쓸 것 없다며 건강검진 한 번 제대로 받지 않고 버티는 부모님은 대체 어쩔 셈인지. 게다가 그런 부모님의 노후 자금을 한 푼이라도 더 뜯어내려는 둘째는 어떻게 생겨먹은 녀석인지! 거기까지 생각이 미치면 호정은 편두통약을 가지러 기어이 침대에서 몸을 일으켜야 했다.

이따금 독주를 들이켜고 나면 잠을 설치지 않고 침

대에 뻗어 있을 수 있었다. 말 그대로 죽은 듯이 자다가 앓고 난 뒤처럼 묘한 개운함 속에 눈을 뜨게 됐다. 템플스테이라는 일정이 없었더라면 오늘도 분명 오전 열 시 넘어서까지 늦잠을 잤을 것이다. 사실 호정은 아침에 눈을 떴을 때 템플스테이를 포기할까, 하는 유혹에 시달렸다. 하지만 기껏 누나 생각을 해서 예약해 준 호선의 성의를 져 버릴 수 없어서 몸을 일으킨 것이었다.

그러기를 참 잘했다고 안도하며 호정은 취나물을 입으로 가져갔다. 구수한 들기름 향에 감싸인 나물은 쌉싸름하면서 향긋했다. 휴게소에서 핫바 하나를 먹은 것 말고는 종일 굶고 있었던 호정은 비로소 부옇던 눈앞이 밝아지는 듯했다. 그러자 주위를 둘러볼 여유도 생겼다.

같은 빛깔의 옷을 입고 식사를 하고 있는 사람들 중 옆 테이블에 앉은 세 명은 일행인 듯 보였다. 홀로 템플스테이에 참여한 사람 역시 호정을 포함해 셋이었는데 자연스레 한 테이블에 자리하고 있었다. 그중 한 명은 호정과 같은 방을 쓰는 수빈이었다. 수빈은 두 귀를 드러내는 커트머리에 눈빛이 총명해 보이는 대학생이었다. 수빈의 왼편에 앉은 이는 풍채가 좋았고 어깨를 넘는 반백의 생머리를 뒤로 묶고 있었다. 그녀는 대략 오십 대쯤으로 보였는데 젓가락질을 하는 품새가 여간 절도 있는 게 아니었다. 저 사람도 나처럼 새치 염색을 하라는 잔소리를 질리도록 듣겠군, 하고 생각하던 차였다. 호정은 그녀의 소맷부리 끝에서 비어져 나와 갈고리 모양을 그리고 있는 녹회색 타투를 봤다.

순간 호정은 자기 눈을 의심했다. 그러면서 자신이 타투에 편견을 가지고 있다는 점을 깨닫게 됐다. 수빈 또래라면 또 모를까 자신보다 연상으로 보이는 여성에게서 타투를 발견 것은 처음이었고, 실은 타투라기보다 문신으로 봐야 하는 게 아닐까 싶었고, 그 연배에 문신을 가지고 있는 이의 직업이나 환경에 대해 부정적인 짐작이 가는 것을 막을 수 없었던 것이다.

그러한 기색이 본인에게도 느껴진 모양이었다. 두 사람의 시선이 마주쳤을 때, 그녀는 헛기침을 하더니 입을 열었다.

"혹시, 저한테 뭐 하실 말씀이 있으십니까?"

한 번 들으면 잊기 힘들 만큼 허스키한 음성이었다. 날카롭지 않은 어투였으나 위압적인 완고함이 느껴졌다. 호정은 "아뇨, 아니에요."라고 하면서 겸연쩍은 듯 웃었다. 긴장감 때문에 물컵을 쥔 손에 절로 힘이 들어갔다.

그러자 이번에는 옆 테이블의 일행이 타투의 중년 쪽을 흘끔거리며 수군거렸다. 때마침 식사를 마친 타투의 중년이 수저를 내려놓았다. 그러고 어깨를 쭉 펴더니 몸을 써서 하는 일을 앞둔 사람처럼 고개를 양쪽으로 까딱거리며 관절이 꺾이는 소리를 냈다. 그 순간 호정의 상상은 그녀가 자리를 박차고 일어나 테이블을 주먹으로 내려치는 데까지 뻗어 나갔다. 그러나 그녀는 조용히 자기 그릇을 들고 개수대 쪽으로 걸음을 옮길 뿐이었다.

호정의 시선은 그녀의 떡 벌어진 어깨로 향했다. 손등에서 끝나는 타투의 시작 지점은 아마 저 어깨가 아닐까 하는 짐작이 들자 몸이 움츠러들었다. 이십여 년이 흘렀지만 생생한 불법 채권 추심원들의 모습이, 그들의 눈빛과 한 번 들으면 결코 잊을 수 없는 언행이 떠올라서였다.

저녁 공양과 예불에 이어진 일정은 스님과 차를 마시며 담소를 나누는 것이었다. 타투의 중년은 하필 호정의 옆자리에 와서 앉았다. 일순 움찔했지만 호정은 이내 긴장을 떨쳐 낸 채 등줄기를 곧게 펴고 스님의 말씀을 들을 수 있었다. 정갈한 음식을 먹어 훈훈하게 덥힌 몸으로 맑은 낯빛의 비구니 스님과 마주하고 앉자 절로 마음이 놓였던 것이다. 게다가 제아무리 살기등등한 사람이라도 템플스테이를 하는 동안 사고를 치기야 하겠냐는 생각도 들었다.

작설차를 마시면서 스님이 전달하고자 하는 말씀은

'비움'이라는 메시지로 수렴됐다. 스님의 이야기는 결과적으로 한 가지 주제의 변주인 것 같았지만 지루한 반복으로 들리지 않는 점에서 연륜이 느껴졌다. 끝도 없이 이어지는 근심 걱정은 어떻게 마음에서 비워 낼 수 있을까요, 하고 여쭤면 스님이 무슨 답을 주실지 호정은 궁금해졌다. 그때 수빈이 한발 앞서 스님, 하고 입을 열었다.

"저는요, 별로 잘하는 것도 없고요. 막 해 보고 싶은 것도 없어요. 근데 그게 둘 다 없는 건 문제가 있는 것 같아요. 어떻게 해야 될까요?"

그 순간 호정은 하지 않으면 안 되는 일을 해치우느라 수빈과 같은 고민을 할 만한 여력이 없었던 자신의 이십 대를 반추하며 마음 한구석이 아릿해졌다. 그러자 항상 의지가 돼 주는 막내 동생 호선의 얼굴이 떠올랐다. 녀석은 나중에 나처럼 이렇게 자기 연민이나 하는 중년이 되고 싶지 않은 거구나. 호선이 뜻밖의 제주행을 결심한 이유를 이해할 수 있을 것도 같았다.

은은한 미소를 띤 얼굴로 잠시 말을 고르던 스님은 돌연 타투의 중년에게 수빈의 고민에 대해 어떻게 생각하느냐며 질문을 넘겼다. 그 순간 모두의 시선이 그녀에게 향했다.

"보살님, 암만해도 낯이 익은 분인 것 같습니다만."

스님의 말이 떨어지기 무섭게 수빈은 무릎걸음으로 그녀에게 가까이 갔다. 그리고 "밴드 천하! 거기 나온 분 맞죠?" 하고 외치듯이 물었다.

"직접 나온 건 아니고, 대학생들이 우리 노래 가지고 한다길래 같이 인터뷰 좀 한 건데 어떻게 이렇게들 알아봐 주시고⋯⋯."

쑥쓰러운 듯한 대답을 들은 세 명의 일행 사이에서도 "그 드러머!", "그래, 내가 뭐랬어." 하는 목소리가 터져 나왔다.

상황이 어떻게 돌아가고 있는 것인지 호정이 채 파악하기도 전에 이번에는 스님이 속세에 있을 때 그녀가 속한 밴드의 곡을 좋아했다고 알은체를 했다. 호정은 들어 본 기억이 없는 밴드였다. 둘러앉은 이들 사이에서 유일하게 현재의 상황을 파악하지 못하고 있는 것은 자신뿐이었으므로 호정은 일단 수빈에게 '밴드 천하'라는 프로그램에 대해 물었다.

수빈은 호정 쪽으로 몸을 기울이더니 금요일 밤 열한 시에 방송되는 인기 쇼인데 한 번도 본 적이 없느냐고 되물었다. 그 질문을 듣고서 호정은 자신이 한 번도 그 프로그램을 보지 못했던 이유를 알 수 있었다. 호정은 가급적 자정 전에는 수면을 취하고자 했고 뒤척이는 시간을 가늠해 대개 한 시간 전에는 잠자리에 들었던 것이다.

수빈의 설명에 따르면 밴드 천하는 긴박하고 치열한 경쟁으로 승부를 보는 프로그램과는 궤를 달리하는 듯했다. 참여 조건도 단순해 자작곡을 가지고 있는 밴드라면 데뷔 여부에 관계없이 어느 팀이든 도전할 수 있었다. 그 주의 밴드로 선정되면 두 곡의 라이브 무대가 주어지는데 한 곡은 자신들의 대표곡, 다른 하나는 명곡을 재해석한 곡이었다. 방송 말미의 라이브 무대에 앞서 전파를 타는 것은 곡을 다듬고 연습하는 모습을 촬영한 영상이라고 수빈은 말했다.

밴드가 처한 현실은 대체로 초라했다. 경제적으로 궁핍하고, 생업이나 알바를 병행하며 연습하느라 잠이 부족하고, 연습 공간도 변변치 않지만 어떻게든 꿈을 놓치지 않기 위해 발버둥 치는 모습이 대다수라는 것이었다. 그런 만큼 역동적인 무대 위의 모습이 더 멋있어 보인다고 수빈은 말했다. 무대 안팎의 갭, 그러한 대비야말로 감동을 주는 요소라는 말도 덧붙였다.

지난달에 방영된 회차에서 드러머가 등장한 부분은 특히 화제가 된 모양이었다. 선배 밴드의 멤버들이 여전히 긴 머리와 금속 체인 장식 따위를 고수하며 록 밴드 느낌을 드러내는 데 반해, 대학생인 후배 밴드의 멤버는 다섯 명 모두 여위고 자세도 구부정해서 기가 눌린 듯한 모습이었기 때문이다. 그와 같은 대비는 시청자들에게 또렷하게 각인됐다. 인터넷상에서는 두 밴드의 멤버가 한 자리에서 인터뷰하는 모습이 '밴드 천하가 아무리 흥해도 요새 밴드 음악이 맥을 못 추는 이유.JPG' 같은 제목의 '짤방'으로 소환된다고 했다.

"팬이에요. 이따 사인해 주세요. 신곡도 금방 나오시죠?"

신나서 설명하던 수빈이 드러머에게 물었다.

"글쎄 어떻게 될지. 저도 신곡 기다리느라 애가 타서 진짜로 마음을 좀 비워 보려고 여기에 와 본 거거든요."

드러머의 허스키한 음성은 그대로였지만 호정의 감상은 처음 들었을 때와 달라졌다. 이번에는 그 목소리에서 예술가적 기질이라고 말할 수 있는 예리한 개성이 느껴졌다. 그와 동시에 괜한 상상을 하고 떨떠름하게 여겼던 것에 내심 미안한 마음이 들었다.

"곡이 잘 안 써지세요?"

맞은편에 앉은 여자의 질문에 드러머가 한숨을 쉬었다. 그러자 소싯적에 그 밴드의 음악을 즐겨 들었다는 말이 그저 인사치레가 아니었던 듯, 곡 작업을 주로 하는 멤버는 기타리스트로 기억한다고 스님이 대신 대답했다.

드러머가 왜 아니겠냐며 미간을 긁적였다.

"영감만 받으면 하루 이틀 만에도 뚝딱 써내고 그런 시절도 있었어요. 말 그대로 '그분'이 오시는 거죠. 그런데 원래 나이가 들수록 그분이 잘 안 오시는 법이거든요. 본인도 알면서 이번 주말까지는 어떻게든 써낸다고 큰소리만 뻥뻥 치고 있어요."

드러머는 또다시 한숨을 쉬더니 마른세수를 했다. 모두의 시선을 받고 있는 그녀는 당장이라도 하소연을 쏟아낼 듯한 얼굴이었으나 외려 "다들 마음을 가볍게 하러 오신 걸 텐데 제가 너무 제 고민을 늘어놨네요." 하고 사과했다. 호정은 그 모습에서 호감을 느꼈다. 다만 한 가지 이해가 가지 않는 것은 어째서 대학생들이 리메이크할 곡으로 정할 만큼 명곡을 가진 데다 스님까지 알고 있는 유명한 밴드를 호정만 까맣게 모르고 있느냐는 점이었다.

템플스테이 시작과 함께 제출한 스마트폰이 아쉬워지는 지점이었다. 정념의 방으로 돌아온 호정은 잠자리를 보다 말고 수빈에게 그 점에 대해 물었다. 그러자 수빈은 호정 곁으로 바짝 다가와서 "사실 저도 거기 나온 그 곡밖에 몰라요. 앨범은 되게 많은데 진짜 히트한 건 그 곡 딱 하나밖에 없대요." 하고 속삭였다. 드러머 앞이라 자기도 모르게 팬이라는 말이 나왔지만 사실 진짜 좋아하는 것은 그들의 노래를 리메이크해서 무대에 올린 신예 밴드라고도 밝혔다.

"문제는요."

수빈은 자기 목소리가 벽을 타고 넘어가는 것이 걱정되는 듯 더욱 목소리를 낮췄다.

"기타리스트가 그 방송 나왔을 때에도 신곡 작업 중이라고 그랬거든요. 신곡 나오면 후배 밴드네 학교 축제랑 록 페스티벌에도 같이 서기로 약속했고요. 근데 벌써 사월이니까 이제 금방 축제 시즌이잖아요. 이러다 못 맞추는 거 아닐까요?"

원 히트 원더, 하고 속으로 되뇌며 호정은 고개를 끄덕였다. 그러면서 자연스레 아버지의 일을 떠올렸다. 구십 년대 초반에 짧은 전성기를 누리고 급격한 내리막을 걸었다는 점에서 닮았기 때문이었다.

'자기 사업'을 하고 싶다고 입버릇처럼 말하던 아버지가 정유 회사를 그만두고 주유소 건설 사업에 뛰어들어 활약한 시간. 그토록 바라마지 않던 '사장님'이라는 직함으로 불리던 기간은 이 년을 조금 웃돌았다. 그 기간 동안 아버지는 눈빛부터 목소리, 걸음걸이까지 이전과 달랐다. 두 차례의 위기를 넘기던 때만하더라도 여전하던 활력과 자신감은 사업 실패와 동시에 깡그리 사라져 버렸다. 아버지가 제대로 마음을 추스르기까지는 사업체를 운영하던 기간의 몇 배에 달하는 시간이 걸렸다. 안방에 나뒹굴던 술병 생각이 나서 호정은 마음이 무거워졌다.

점잖은 드러머 말고 곡을 쓴다던 기타리스트야말로 이곳에 들렀어야 하는 게 아닌가, 하는 생각을 하며 호정은 고개를 갸웃거렸다.

"혹시 그 히트곡이라는 게 어떤 노래인지 조금만 불러 줄 수 있어요?"

"저 노래 되게 못하는데……."

수빈은 잠시 망설였지만 벽 너머가 신경 쓰이는 듯 다시 한 번 흘끔거린 후에 그 곡의 후렴구를 불렀다. 되게 못한다는 그녀의 표현은 조금의 겸손도 섞이지 않은 것이어서 호정은 수빈의 노래를 크게 들었더라면 웃음을 참지 못했으리라고 여겼다. 그런데도 어느새 그 곡을 따라 부르고 있었다. 밴드의 이름도, 제목도, 멤버의 얼굴도 생소했으나 그 곡만큼은 들은 기억이 있었다.

"맞아요. 그거예요!"

수빈은 호정이 알아챈 사실이 반가운 듯 함박웃음을 지었고 두 사람은 콧노래를 흥얼거리며 마저 이불을 폈다. 수빈은 그 곡을 듣고서 아빠가 자주 말하던 구십 년대 감성이라는 게 무엇인지 느낌이 오더라는 이야기를 했다.

호정도 요즘 들어 또래들이 종종 구십 년대 감성에 대한 향수를 말하는 모습을 목격했다. 스펙을 쌓는다는 개념이 대학을 본격적으로 쥐고 흔들기 전, IMF가 덮치기 직전의 짧은 호황기. 캠퍼스의 낭만이라는 단어가 아직은 교정에 드리워져 있던 시기. 학사 경고 한두 번쯤 받는 것은 예삿일로 넘기며 선배들이 권하는 동동주를 납죽납죽 받아 마시고 학생회관 구석에 뻗어 버리면 그만이던 그 시절을 대학에서 보낸 구십 년대 학번들이 공유하는 감성이 있다고 그들은 말했다. 유행이 돌아와 소위 힙스터들이 당시의 감각을 모사하고 있지만 그저 흉내에 불과하다는 말도 심심치 않게 들었다. 그럴 때마다 호정은 속으로 글쎄올시다, 할 수밖에 없었다.

이십 대의 기억을 탈탈 털어 봐도 호정에게는 마음 놓고 캠퍼스의 낭만을 즐긴 기억이 없었다. 망한 집의 맏딸이 아니었던가. 금전적, 시간적 여유를 가지지 못한 것은 말할 것도 없는 일이었다. 그뿐 아니라 타고나기를 숫기도 없었다. 때로 호선이 놀리듯 "술이라도 좋아하니까 누나나 매형 같은 주변머리에 그래도 정분이 나고 애도 하나 만들고 했지."라고 했는데, 그러면 예나 지금이나 술이 좋아서 마시는 게 아니라는 말밖에는 반박할 말을 찾지 못했다. 굳이 나누자면 그때가 더했다. 빨간 뚜껑의 소주는 독했고, 맥주는 맹탕이었고, 황갈색 단지에 담겨 나오는 동동주를 마시고 난 이튿날에는 지독하게 머리가 아팠다.

그랬는데, 자녀뻘인 수빈에게 구십 년대 감성에 대한 이야기를 들으니 어쩐지 싫지 않았다. 수빈과 좀 더 대화를 나눠 보고 싶기도 했다. 다만 그런 기분에 취해 묻지도 않은 당시의 이야기를 줄줄 늘어놓으면 순식간에 꼰대로 보이리라는 것쯤은 알고 있었다. 그래서 넌지시 요새 대학생들은 해야 되는 게 많아서 힘들겠다는 말을 던졌다.

수빈은 두 가지 알바를 병행하면서 구립 도서관의 청소년 대상 프로그램 서포터즈로 활동하느라 오 분 거리에 사는 동네 친구를 만날 시간을 내기도 빠듯하다고 했다. 그런 와중에도 유튜브와 SNS에 쏟는 시간이 점점 더 길어진다는 게 그녀의 고민이었다. 템플스테이를 신청한 가장 큰 이유도 스마트폰을 사용하지 않으면서 하루를 보내 보는 데 있었다고 수빈은 덧붙였다.

"어때요? 견딜 만해요?"

집에서보다 훨씬 농밀한 어둠 속에 누워서 호정이 물었다.

"모르겠어요. 저녁을 너무 일찍 먹어서 배고파요. 저 사실, 가방에 소금 캐러멜이 있는데 딱 하나만 먹을까 봐요."

    호정의 침묵에 수빈은 잠시 뜸을 들이더니 "그래도 몰래 뭐 먹으면 안 된다는 규칙이 있으니까 참아야겠죠?" 하고 기운 없이 중얼거렸다.

    "그럼요."

    수빈이 참았기에 망정이지, 먹는다고 했더라면 치아에 끈적끈적하게 달라붙는 캐러멜이나 젤리류가 충치의 주범이라는 잔소리를 하고 말았을 거라고 호정은 생각했다. 설령 꼰대로 보인다 하더라도 별수 없었을 것이다. 잘자리에서 충치의 주범을 입에 넣는 일을 보고도 모른 체하는 것은 호정에게 도저히 불가능한 일이었다.

    그나저나. 우리 아들은 양치질하고 자려나, 하는 생각을 하다 호정은 까무룩 잠이 들었다.

    이튿날, 새벽 예불 시간이 되자 범종소리가 하루의 시작을 알렸다. 종종 소스라치듯 잠에서 깨어나 막막한 심정으로 뒤척이던 시각이었다. 호정은 예상과 달리 개운하게 눈을 떴다. 그러자 스님의 온화한 태도와 산사의 맑은 공기, 하룻밤 신세를 진 이부자리에까지 절로 감사하는 마음이 들었다.

    내친김에 호정은 예불을 드린 후에 백팔 배도 체험해 보기로 했다. 호정이 이부자리를 개는 움직임에 잠에서 깬 수빈은 벌떡 자리에서 일어났지만 졸음에 몸을 가누지 못하고 벽에 기대앉아서 눈만 겨우 뜨고 있었다.

"정 못 일어나겠으면 더 자요. 감기 기운이 있어서 못 나오는 것 같다고 얘기해 줄 테니까."

호정의 말에 수빈이 고개를 저었다.

"아니에요. 저 꼭 백팔 배 드려야 돼요."

뭔가 기원할 게 있느냐는 질문에 거듭 고개를 끄덕인 수빈은 두 눈에 눈물이 맺히도록 하품을 하면서 호정을 따라 나왔다. 두 사람이 법당 안으로 들어가자 이미 자리를 잡고 있는 드러머의 뒷모습이 보였다.

드러머의 경우에는 신곡의 완성, 그 한 가지만을 기원하며 절할지도 모르겠다고 호정은 생각했다. 자신으로 말할 것 같으면 한 번 절할 때마다 부처님의 자비로 돌아봐 주십사 빌어야 할 근심거리들이 넘쳤다. 백팔 배를 시작하면서 호정은 동생의 선물로 우연히 절에서 하룻밤을 묵는 사람이 아니라 일평생 굳은 불심을 지녀 왔던 사람처럼 가족들의 이름을 되뇌며 그들의 안녕을 빌고 또 빌었다. 그러다 점차 절하는 횟수가 늘어나고 허벅지가 당기며 호흡이 가빠 올수록 근심을 떨쳐 버린 채 바른 자세로 절하는 행위에만 집중할 수 있었다. 그러고 난 후의 아침 공양이 꿀맛이었던 것은 더 말할 나위가 없는 일이었다.

휴식형 코스를 선택한 이는 점심 공양 전까지 세 시간쯤을 자유롭게 보낼 수 있었다. 호정은 숙소의 마룻바닥에 걸터앉아서 새들이 지저귀는 소리를 들었다. 맑은 소리가 끊어질 듯 말 듯 오래 이어졌다. 때때로 까마귀 울음소리도 섞여 들었다. 호정은 방으로 들어가서 책을 가져와야겠다는 생각을 하면서 숙소 앞의 야트막한 언덕에 시선을 준 채 그대로 앉아 있었다. 주말 저녁마다 펼쳤다가 읽지 못했던 소설책을 비로소 끝마칠 수 있겠다는 생각이 들었다. 하지만 내내 새소리와 바람 소리를 들을 수도 있었다. 딱 세 시간의 여백이 주는 해방감은 컸다. 그 순간 호정은 어떤 의무도, 책임도 없는 존재가 된 것만 같은 기분을 맛봤다.

얼마가 지났을까, 방 안에서 나온 수빈이 호정 옆에 앉아서 다시금 하품을 했다.

"저 SNS보다 군것질 중독인가 봐요. 그냥 뒹굴거리면서 쉬려고 해도 캐러멜 생각만 나요."

"여기 밥 맛있지 않아요?"

호정은 의아함을 감출 수 없었다.

"먹을 때는 그런 것 같은데, 다 먹고 나면 허전해요. 싱거워서 그런가 봐요."

수빈은 자리에서 일어나더니 기지개를 켰다.

"산책이라도 하면 좀 나을까요?"

새벽과는 반대로 이번에는 호정이 하품을 하며 수빈을 따라나섰다.

산책로를 걷는 동안에도 수빈은 군것질거리들에 대해 이야기했다. 주로 편의점에서 파는 것들이었다. 그 덕에 호정은 편의점에서 일 인분으로 포장된 곱창볶음이나 대게장, 타코 와사비 같은 먹거리를 판다는 사실을 알게 됐다. 그것들은 하나같이 술안주로도 제격이었다. 같은 병원의 간호사가 추천해 준 생협과 인터넷 쇼핑 배달로 식재료의 대부분을 충당하는 호정으로서는 인스턴트의 신세계가 열린 셈이었다.

그러나 수빈의 이야기를 마냥 흥미롭게 들었던 호정과 달리 산책로와 등산로의 갈림길 즈음에서 합류한 드러머는 혀를 차며 고개를 저었다.

"학생, 아까 백팔 배 할 때 막 헉헉거렸지?"

"네. 운동 부족이라서요."

"운동만 부족해? 영양은 아니고? 기운이 쭉쭉 뻗칠 때 잘 먹어 줘야지, 그러다가 서른만 돼 봐. 하루하루 체력이 떨어져서 골치 아플걸. 선생님, 안 그래요?"

드러머의 말도 틀린 게 아니었다. 조금 전만 해도 수빈의 이야기를 마냥 신기해하며 조만간 편의점 간식과

안주를 먹어 봐야겠다고 생각하던 호정은 사뭇 진지한 표정을 짓고 고개를 끄덕일 수밖에 없었다.

"세상에 맛있는 게 얼마나 많고, 잘하는 집은 또 얼마나 많은데. 그런 덴 여기보다 훨씬 깊은 산 중턱에 있어도 사람들이 알아서 찾아가고 그런다고."

"그런 데는 어떻게 가요?"

수빈이 물었다.

"예약해 놓고, 산 좀 타고 나서 내려가는 길에 가는 거지. 선생님도 나중에 지리산 갈 일 있으면 남원 방향으로 내려오는 길에 있는 밥집에 한번 들러 보세요. 미리 예약을 하고 딱 가면 그늘 있는 야외 자리에 파전이랑 도토리묵이랑 남원 막걸리가 기본으로 쫙 세팅이 돼 있어요. 그 그늘이 어떤 그늘이냐. 백오십 년 된 아름드리 느티나무 아래 있는 그늘이거든요. 그 아래서 막걸리 한잔씩들 하고 나면 나물이 깔리는데 못 해도 열 종류. 별의별 나물이 다 있어요. 그거 쓱쓱 한 그릇씩 비벼 먹고 있으면 신선놀음이 안 부럽다니까요."

안 그래도 어제오늘 사찰에서 맛본 봄나물에 입맛이 살아난 호정은 당장이라도 달려가고 싶을 만큼 구미가 당겼다. 드러머는 잠시 멈춰 서서 습관처럼 목을 좌우로 움직이며 두두둑 소리가 나도록 꺾은 뒤에 수빈의 어깨를 살며시 건드렸다.

"학생은 어차피 여기도 나물, 저기도 나물이면 그게 그거다 싶어서 관심이 안 가나 보네? 그럼 쫄면은?"

"쫄면은 사랑이죠."

수빈이 즉시 대답했다.

드러머는 나무 벤치에 앉더니 두 사람에게도 쉬어 가자는 듯 손짓했다. 그러고는 쫄면을 넣은 순두부 맛집을 두 곳 소개했다. 그녀는 이어서 쫄면을 넣은 회국수를 아느냐고 물었다. 자신은 평소에 밀가루 음식을 즐기지 않는 편인데 제주도에 가면 소면 대신 쫄면을 넣어 만든 회국수를 파는 집만큼은 항상 들른다고도 덧붙였다. 회국수에 싱싱한 고등어 회까지 곁들이면 각기 종류가 다른 쫀득함을 한 상에서 맛볼 수 있다는 것이었다. 드러머는 그 차진 식감을 두고 어금니와 입천장까지 입안 전체가 호강하는 기분이 든다고 표현했다.

수빈은 아직 고등어 회를 먹어 본 적이 없었고, 개불이나 멍게를 위시해 못 먹는 해물이 많았다. 그렇지만 한 번쯤은 넓은 탁자를 가득 채우는 곁들임 찬이 나오는 횟집에 꼭 가 보고 싶다고 했다.

"블로그에서 몇 번 봤는데, 엄청 비싸겠죠?"

"그렇지도 않은 게, 전라도 쪽이 원래 곁들이는 게

많이 달려 나오는 문화니까. 군산 같은 데 가서 두당 한 삼사만 원만 주면 메인 회에, 해물에, 조림이랑 구이까지 탁자 가득 깔리게 나와. 그것도 한 번이 아니라 어느 정도 먹으면 다시 한 번 싹 새로 채워 주는 데도 있어."

"진짜요?"

"그럼! 전라도 음식 맛있다고 말은 많이 해도 사실 외지 사람들이 가는 데가 빤해서 그렇지, 그 지역 사람들한 테 추천받아서 가면 정말 기가 막히게 나오는 데가 많아."

"고향이 전라도 쪽이세요?"

호정이 궁금증을 드러냈다.

"그렇진 않고요. 다 우리 기타 덕이죠. 원체 미식가거든요."

드러머의 시선이 먼 하늘을 향했다.

"반짝 잘 나가서 여기저기서 불러 주던 때도요, 공연만 끝나면 아무튼 한 끼는 꼭 제대로 먹자고 끌고 가는 거예요. 지역 명물이 됐건, 제철 음식이 됐건, 그런 걸 먹고 마시고 그래야 영감도 받는다나."

드러머의 한숨이 깊어졌다.

"그래서 제가, 이렇게 속이 터져도 제대로 갈구지도 못하고 있는 거 아닙니까. 팔도 맛집에서 밥이랑 술을 하도 얻어먹어서요."

드러머는 하룻밤 새 마음을 비운 듯 싱긋 웃더니 자리에서 일어나 또 한 번 고개를 좌우로 꺾었다. 호정은 신곡에 대한 기대를 접은 것처럼 보이는 그녀에게 무언가 위로의 말을 건네고 싶었다. 하지만 자신이 지금 그녀와 같은 입장이라면 한시라도 빨리 헛된 기대를 떨쳐 내도록 애썼을 것만 같아서 무슨 말을 건네야 할지 알 수 없게 됐다. 그들이 묵고 있는 숙소 건물이 보일 때쯤 겨우 입을 연 호정은 그녀에게 가는 길에 어떤 교통편을 이용하는지 물었다.

"슬슬 걸어서 버스 터미널로 가야죠."

"걸어서도 갈 수 있어요? 저도 같이 가요."

수빈이 말했다.

"제 차로 다 같이 올라가면 어때요?"

호정은 용기를 냈다.

"혼자 장거리 운전하면 졸려서요. 맛집 얘기 좀 더 해 주세요."

"아이고, 좋죠. 밥을 사는 것도 아니고 얘기만 하는데 차를 얻어 타면 저야 엄청 남는 장사죠."

드러머가 호탕하게 웃었다.

산사에서 마지막 식사를 마친 뒤에 세 사람은 각자의 스마트폰을 돌려받았다. 호정은 곧장 동생 호선에게 연락을 넣었고, 호선은 집에서 나가려는 채비를 하는 중이라고 일렀다.

"재현이 좀 바꿔 줄래?"

"좀 전에 나갔어. 친구 만나기로 했다던데?"

"걔가?"

호정의 얼굴에 미소가 번졌다.

"별일이네. 나 이제 한 번씩 외박할 테니까 너 우리 집에 좀 자주 와 줘야겠다. 비행기표는 내가 끊어 줄게."

"그러지 뭐. 그 덕에 서울 오면 나도 친구들 한 번씩 만나면 되겠네."

호선의 가벼운 대답에 호정 역시 발걸음이 가벼워지는 것 같았다. 그러는 동안 드러머는 스마트폰을 살핀 뒤에 내던지듯 가방 안에 넣어 버렸다. 두 눈을 찌푸리고 주먹 쥔 손으로 목뒤를 두드린 그녀는 멍한 눈빛으로 관절을 꺾었다. 호정과 수빈의 눈빛이 부딪쳤다. 기타리스트에게서 끝내 연락이 오지 않았음을 짐작하기란 어려운 일이 아니었다.

드러머의 안색을 살피던 수빈은 주차장까지 향하는 동안 템플스테이가 정말 뜻깊었고, 두 분을 만나서 참 좋았다는 이야기를 이어 갔다. 템플스테이에서 먹을 것에 대한 이야기를 이렇게 많이 하게 될 줄 몰랐고, 고3 때도 완전히 놓지 못한 다이어트를 놓아 버릴 위기라는 말도 했다. 드러머는 적극적으로 대꾸하지는 않았지만 고개를 끄덕이며 그녀의 말에 반응해 줬으며 커다란 배낭을 메고 있는 수빈에게 뒷자리를 양보하고 자신이 조수석에 올랐다.

수빈이 배낭에 기대어 잠들자 호정은 넌지시 드러머의 경제적 여건에 대해 물었다. 록 밴드, 게다가 대중에게 잊힌 록 밴드라면 곤궁하지 않을까 싶었던 호정의 염려와 달리 드러머는 자기 한 몸 먹고사는 데는 걱정이 없다고 말했다. 선배가 운영하는 연습실 관리를 하고 있고 실용음악학과 진학을 준비하는 입시생들과 취미로 드럼을 배우고자 하는 직장인들의 개인 레슨도 적지 않게 진행하고 있기 때문이었다.

"다들 선생님네 밴드 신곡은 언제 나오느냐고 묻는데. 아이고, 그 한심한 인간. 술독에 빠져 죽으려고 그러는지."

드러머가 혼잣말을 했다. 그녀는 기타리스트에게 개인 레슨을 할 기회를 몇 번 줬지만 시간 약속을 자주 어기고 술 냄새를 풍기며 수업에 들어오기도 해서 결국 없던일이 됐다고 말했다. 술을 딱 끊고 십수 년간 구상해 온 필생의 역작을 마무리 짓겠다는 약속을 지금껏 몇백 번은 들은 것 같다고도 했다.

"그런데 그걸 이번에도 믿어 주셨어요?"

호정은 무의식중에 나온 질문을 입 밖에 내자마자 후회했다.

"쉰이 넘도록 만날 우리 엄마를 걸고 약속할게, 하던 인간이거든요. 그런데 이번에는 하나밖에 없는 자기 딸의 명예를 걸고 약속한다고 해서 마지막으로 한 번 믿어 볼까 했죠."

"명예요?"

잠든 줄 알았던 수빈이 잠긴 목소리로 되물었다.

"딸도 유명한 사람이에요?"

"국가 공무원이라고 입만 열면 자랑이야. 실질 경쟁률이 50대 1이 넘는 시험에 일 년 만에 붙었다고요."

"일 년이요? 대박."

수빈이 탄식했다.

"독한 걸로 보나 머리 좋고 성실한 걸로 보나, 자기는 안 닮아서 다행이래나. 그게 애비 된 사람이 할 소리냐고요."

수빈이 터뜨린 웃음소리에 그들을 둘러싼 공기가 한결 가벼워졌다.

"음악이라도 좀 틀까요?" 하는 드러머의 목소리도

어둡지 않았다. 그때 창밖으로 시선을 두고 있던 수빈이 "여긴 아직도 벚꽃이 있어요!" 하고 외쳤다. 운전 중인 호정은 흘끗 시선을 던졌지만 맑은 연분홍 빛깔에 가지가 뻗은 모양이 벚꽃과는 차이가 있어 보였다. 꽃나무의 이름을 아는 것은 드러머였다.

"저건 벚꽃이 아니라 복숭아꽃이지. 고향의 봄에 나오는. 복숭아꽃 살구꽃 아기 진달래, 할 때, 그 꽃."

드러머는 고향의 봄을 흥얼거렸고 호정의 입에서는 절로 감탄사가 새어 나왔다. 수빈 역시 노래를 부르는 목소리가 듣기 좋다고 칭찬하자 드러머는 쑥스러운 듯 헛기침을 했다.

조금 더 달리자 도로변에는 노란색 들꽃이 가득 피어 있었다. 그 꽃의 이름은 드러머도 몰랐다. 다만 드러머는 어릴 적에 함께 길을 걸을 때면 꽃과 나무의 이름을 하나씩 일러 주던 어머니가 떠오른다며 신곡 작업이 무산된 참에 고향에 다녀와야겠다고 말했다. 어김없이 그녀 고향의 먹거리에 관한 이야기가 따라붙었다.

그중에서도 주를 이루는 메뉴는 드러머의 소울 푸드인 막국수였다. 막힌 속을 풀어 주는 동치미 국물에 만 막국수와 들기름과 김가루를 듬뿍 넣어 비벼 먹는 막국수 얘기를 들으며 호정은 침을 꼴깍꼴깍 삼켰다. 수빈은 그녀의 이야기 때문에 벌써 소화가 다 된 것 같다며 가까운 휴게소에 들를 것을 제안했다.

셋이 나눠 먹는다면 알감자와 떡볶이, 갓 나온 호두 과자가 최적의 조합이라는 게 수빈의 생각이었다. 드러 머의 의견은 달랐다. 그녀는 평소에 밀가루 음식을 즐기지 않지만 휴게소에서는 따끈한 우동을 먹지 않을 수 없다고 했다. 우동 한 그릇씩 비우고 나오는 길에 알감자와 맥반석 오징어를 사자며 가방에서 지갑과 스마트폰을 꺼냈다. 바로 그 순간이었다. 드러머의 입에서 "어?" 하는 소리가 비어져 나왔다.

"연락 왔어요?"

수빈의 음성이 떨렸다.

"부재중이 왜 이렇게 많지? 잠시만요."

호정은 얼른 전화를 걸어 보라는 손짓을 했다. 그리고 신호가 가는 동안 숨죽여 그녀가 속한 밴드의 행운을 빌었다. 드러머는 스피커폰 기능을 이용하지 않았지만 건너편에서 "여보세요!" 하고 외치는 듯한 목소리는 호정은 물론 뒷좌석에 있는 수빈에게까지 똑똑히 들렸다. 드러머는 귀가 따가운 듯 인상을 찌푸렸다. 이어서 "뭐가 이렇게 연락이 안 돼! 이렇게 중요한 시점에……." 하는 발음이 뭉개진 말이 들렸을 때, 드러머는 등받이에 고개를 기댄 채 분을 삭이려는 듯 콧김을 내뿜었다. 단 두 마디 말을 들었을 뿐이지만 호정은 그의 발치에 굴러다닐 진녹색 술병을 연상할 수 있었다. 드러머는 차가운 어투로 "끊어, 인간아."라고 한마디만을 했다.

"내가, 응? 오늘 오전까지 아주 죽자고 그냥……."

기타리스트의 음성과 겹쳐서 전화를 내놓으라는 다른 이의 목소리가 어렴풋이 들리더니 이내 또렷해졌다.

"누나, 지금 어디 계세요? 일단 빨리 오세요. 이거 우리가 머리를 맞대야 돼요."

"이 마당에 급할 게 뭐 있어. 난 일단 엄마 좀 뵙고 꽃이나 좀 보고 올란다."

"아이 참, 안 돼요. 곡이 나왔다고요!"

"곡이 나왔어?"

드러머의 목소리가 대번에 커졌고 호정과 수빈의 시선도 다시 마주쳤다. 드러머는 거듭해서 확실하냐고, 직접 듣고서 전하는 거냐고 물었고 수화기 저편에서는 거듭 그렇다는 대답이 돌아왔다. 기타리스트가 자기 아내에게 감시를 부탁해 열흘 가까이 집 밖 출입을 하지 않은 채 드디어 곡을 완성했고, 그 사실을 멤버들에게 알리자마자 빈속에 허겁지겁 축배를 들어서 취한 상태라는 것이었다. 그럴 만큼 곡을 만든 본인은 만족한다고 했다. 반면에 밴드의 최연장자인 베이시스트의 평가는 부정적이라는 것이었다.

"네가 봤을 땐 어떤데?"

드러머의 목소리가 떨렸다.

"잘 모르겠어요. 확실히 원래 형님 스타일은 아니에요. 형님 말로는 요즘 스타일을 반영하고 장르를 과감하게 섞은 거라는데 그런 것 같기도 하고……. 이건 직접 들어 보셔야 감이 와요. 그러니까 지금 바로 오세요."

호정은 드러머가 통화를 마치기 전부터 간식에 대한 마음은 접어 뒀다. 주유소에 들러 기름만 채워 넣은 뒤에 밴드 멤버가 모여 있다는 연습실로 내비게이션의 행선지를 새로 입력했다.

그로부터 목적지에 다다르기까지 세 사람은 들뜬 긴장감에 대화를 길게 이어 가지 못했다. 대신 '요즘 스타일'을 새삼 확인하고 싶어 하는 드러머의 요청에 따라 수빈이 최근에 즐겨 듣는 곡들을 함께 들었다. 드러머는 미간에 힘을 준 채 때로 눈을 반쯤 감고 고개를 갸웃거리기도 하면서 음악을 감상했다. 이따금 얼굴에 은근한 미소가 번지기도 했다.

목적지 근방에 다다르자 비로소 긴장이 풀어진 호정은 드러머에게 그 동네의 맛집에 대해 물었다. 드러머는 두 눈을 깜빡이더니 마침 이 동네에도 추천할 만한 막국 숫집이 있다고 말했다. 강원도 홍천의 본점 외에 수도권에는 유일한 지점이라는 그곳은 100% 메밀로 만든 면을 먹을 수 있는 곳이었다. 비빔막국수는 양념이 과하지 않으면서도 맛깔스럽고 물막국수는 평양냉면처럼 그윽한 맛을 낸다고 드러머는 전했다.

"덕분에 저희도 기타리스트의 맛집 중에 한 곳을 가 보겠네요."

호정의 말에 드러머는 빙긋 웃으며 고개를 저었다.

"아쉽지만, 거기는 우리 기타가 아니라 제 트위터 친구가 알려 준 데에요. 엄청난 면 요리 덕후가 추천한 데니까 믿고 한번 가 보세요. 같이 나오는 열무김치 맛이 개운하고 깨끗하니까 거기다 막걸리도 한잔씩 꼭 하시고요."

그 말을 마치자 목적지까지 우회전 한 번만 남은 시점이었다. 호정은 짐을 집어 드는 드러머에게 전할까 말까 망설이던 말을 하기로 했다.

"관절 꺾는 버릇이요, 그거 가급적이면 고치시는 게 좋아요. 계속 하다 보면 인대에 무리가 갈 수 있거든요. 앞으로도 관절 많이 쓰실 테니까 아예 스트레칭하는 습관을 들여 보세요."

호정의 충고를 들은 드러머는 절도 있는 몸짓으로 거

수경례를 날린 후에 차에서 내렸다. 수빈은 특별한 미션을 수행해 낸 것 같다며 쓰러지듯 상반신을 빈 옆좌석으로 뉘였고, 호정이 막국수를 사겠다는 말에 반색하며 튀어 오르듯 다시 일어났다. 드러머가 소개한 막국숫집으로 향한 두 사람은 사이좋게 물과 비빔을 하나씩 골랐다. 그러자 두 사람 앞에 열무김치와 무절임이 놓였다.

막국수를 기다리는 동안 수빈은 호정에게 예의 '밴드 천하가 아무리 흥해도 요새 밴드 음악이 맥을 못 추는 이유'라는 제목을 달고 화제가 됐던 사진을 보여 줬다. 반팔 티셔츠를 입고 타투를 훤히 드러낸 드러머는 눈앞에서 실제로 대면한 모습 이상으로 카리스마가 넘쳐 보였다. 호정은 화면의 정중앙에서 턱을 살짝 치켜든 채 카메라를 쏘아보고 있는 사람이 기타리스트가 아닐까 추측했다. 과장스럽게 터프함을 연출하는 눈빛에 어린 불안감이 감지됐기 때문이다. 그 예상이 맞다고 수빈이 확인해 줬다.

그들 옆에서 구부정한 자세로 앉아 있는, 이제 갓 스물을 넘긴 듯 보이는 남녀는 모두 다섯 명이었다. 수빈은 그들의 자작곡 〈자신이 없어요〉를 듣고 팬이 됐다고 말했다.

"그게 노래 제목이에요?"

호정은 그렇게 되묻고 웃었다. 왜 아니겠는가. 비리

비리하다는 말이 절로 떠오르는 모습과 눈빛은 확실히 젊음의 열정이나 패기와는 거리가 멀어 보였다. 그럼에도 불구하고 용케도 서로가 서로를 알아봤다 싶었다. 호정은 그 점에 박수를 쳐 주고 싶었다. 함께 음악을 만드는 일이 평생의 업이 될 것인지 혹은 일상의 활력을 주는 취미 생활에 그칠지는 더 두고 봐야 알겠지만, 뜻을 모으고 뭔가를 함께 만들어 내서 공중파 쇼에까지 도전한 것이다. 그토록, 자신이 없음에도 불구하고.

호정은 머지않아 그들과 같은 시기를 거칠 아들 재현을 떠올리고는 애틋하면서도 뭉클한 기분이 됐다. 막국수가 나왔을 때 "나눠 먹을까요?" 하고 묻는 수빈의 질문에 조금 떨리는 목소리로 대답한 것은 그 때문이었다.

"막걸리도 땡기는데. 근데 운전하셔야 되니까 안 되겠죠? 저도 참을게요. 자신은 없지만요." 수빈이 웃었다.

"대리 기사 부르면 돼요."

호정은 그렇게 말하고 막걸리를 주문하기 위해 손을 번쩍 들었다. 구십 년대에 각인된 좋지 않은 인상 때문에 평소에는 막걸리를 입에 대지 않는 호정이지만 오늘만큼은 드러머의 추천을 따라서 즐겨 보고픈 마음이 들었던 것이다.

"그런데요. 언제쯤, 몇 살쯤 되면, 자신감이 생길까

요."

막걸리를 가지러 가는 점원의 뒷모습을 바라보며 혼
잣말처럼 중얼거리던 수빈은 호정과 시선이 부딪치자 대
답을 바라고 한 말은 아니라는 듯 손사래 쳤다. 아마도 속
이 개운해지는 대답을 기대할 수 없다는 데 생각이 미쳤
으리라. 그것은 옳은 판단이었다. 호정 역시 불혹을 넘긴
지금도 여전히 세상살이에 자신감이 붙지 않아 새벽잠을
설치곤 하니까. 그리하여 막걸리 병과 동그란 잔을 받아
든 뒤에 수빈에게 자신 있게 건넬 수 있는 한마디는 고작,
빈속에 마시지 말고 안주부터 한입 먹고 시작하자는 것
뿐이었다.

물기를 잔뜩 머금은 싱거운 듯 상쾌한 열무김치를
아삭아삭 씹어 넘긴 후에 호정은 먼저 수빈의 잔을 채웠
다. 그리고 자기 잔에도 술을 따랐다.

호정은 어제까지만 하더라도 타인이었던 드러머를
위해서, 그녀가 속한 밴드의 부활을 빌며 수빈과 잔을 부
딪쳤다. 다음 잔은 신예 밴드를 위해, 마주 앉은 수빈과
아들 재현을 위해, 그들의 납작한 자신감이 부풀어 오르
도록 기원하며 마실 작정이었다. 우유 빛깔처럼 뽀얀 막
걸리는 기억 속의 시금털털한 맛과는 달리 부드럽고 달
콤했다. 술잔은 금세 바닥을 보였다.

호랑이 생막걸리

제조국 **한국(경기도 화성시)** / 도수 **6도**

라벨을 통해 얻은 정보

일반적으로 제조일자가 적혀 있는 막걸리와 달리 호랑이 생막걸리의 라벨에는
'2019년 2월 15일까지'라는 식으로 상미기한이 적혀 있다. 여기에 자연의 단맛
이 8주 동안 살아 있다는 문구도 보인다. 즉, 상미기한에서 8주를 감산한 시기
를 제조일자로 추측할 수 있다.

"이 막걸리를 며칠 가만히 세워 뒀다가 잘 가라앉힌 윗물만 따라서 모르는 사람
에게 건네주고 배로 만든 전통주라고 하면 다들 믿지 않을까?"라고 윗물을 홀짝
이며 반디는 말했다. 호랑이 생막걸리에 대한 총평은 이 한마디로 충분하게 느
껴질 정도다. 윗물을 기준으로 하면 배나 참외 계열의 과실 향에 빛깔 또한 배의
과육처럼 살짝 불투명한 미색을 띠고 있다. 배즙과 유사한 시원한 단맛과 감칠
맛이 나는데 산미와 쓴맛은 적다. 탄산감도 약한 편이라 목 넘김은 부드럽다. 후
미는 깔끔한 편.
막걸리의 더 일반적인 음용 방법과 같이 병을 가볍게 흔들어 윗물과 아랫물을
섞어 마시면 단맛이 상당히 증가한다. 취향에 따라 다소 과하게 달착지근하다
고 느낄 수도 있는 단맛에 쌀 음료와 같은 곡물의 향도 배가 된다.

호정과 수빈은 막국수와 김치를 안주 삼아 각자 한 병씩 마셨다. 원래
두 사람은 처음 시킨 한 병만 마실 요량이었으나, 첫 번째 병을 비울 즈
음 막걸리 병의 라벨에 시선이 간 것이 패착이었다. 거기에 기타를 치
는 호랑이 캐릭터가 있었던 것이다. 느긋하게 기타 줄을 튕기는 호랑
이를 보고 문제의 기타리스트를 떠올리며 웃음을 터뜨린 두 사람은 어
쩔 도리가 없다는 듯 막걸리를 한 병 더 주문하게 됐다.

2장

+ 테이스팅 노트

+ 에세이

해피 아워

세상에는 듣는 것만으로도 압박감이 느껴지는 단어가 다양하게 존재하는데, 내게 부동의 1위는 '치과'라고 말할 수 있다. 적지 않은 확률로 목돈이 들고, 대체로 신체적 고통이 수반되는 데다 한동안 금주를 명 받는 심적 고통마저 뒤따르기 마련이므로. (마지막으로 스케일링을 한 게 언제인 줄 아느냐는 준엄한 꾸짖음의 목소리가 지금도 귓가를 맴돈다.)

그와 반대의 단어. 즉, 보기만 해도 해방감을 느끼는 단어 1위는 펍이나 바의 메뉴판에 적힌 '해피 아워'라 하겠다. "일과를 마치셨나요? 할인해 드릴 테니 한잔하시죠!"라는 말을 압축한 이 단어에서는 절로 '해피'가 솟아난다.

지금껏 이 해피 아워를 가장 자주 즐겼던 때는 워킹 홀리데이로 도쿄에 머물렀던 시기였다. 숙소였던 셰어하우스에서 빠른 걸음으로 단 삼 분 거리에 아이리시 펍이 있었던 덕이다. 펍의 입구 근처에 놓인 입간판의 해피 아워를 알리는 글귀 위에는 언제나 네 잎 클로버가 그려져 있었다. 룰루랄라 실내에 들어선 후에는 기네스와 킬케니 두 가지 생맥주 중에 어느 것을 마실까 잠시 고민했지만 대체로 첫 잔은 정해져 있었다. 기네스 주세요! 해피 아워니까 큰 잔으로!

실은 당시에도 마음 한편으로는 일본에서 툭 하면 아일랜드 맥주를 마시는 일에 못내 아쉬움을 느끼곤 했다. 현지에서 훨씬 저렴한 가격에 마실 수 있는 사케를 즐기는 게 득이 되리라는 생각에서였다. 하지만 테이블 차지가 부과되지 않는 데다 해피 아워까지 있었으므로, 프렌들리한 분위기로 동네 주민들 사이에서 혼술을 하는 때도 머쓱하지 않았으므로, 게다가 얼마 지나지 않아서 단골 취급까지 받게 되는 바람에 나는 일과 뒤 기네스를 마시는 일에 정착하게 됐다.

서글서글하고 푸근한 인상의 마스터는 그곳을 처음 방문하는 누구에게나 기네스의 음용 방법을 설명했다. 아슬아슬하리만큼 가득 채운 잔을 바로 들지 말고 지긋이 바라보다가 거품의 두께가 전용 잔의 하프 문양 정도로 맞춰지는 시점에 마시라는 것이었다.

한번은 셰어하우스 메이트들을 데리고 그곳을 방문한 적이 있다. 네 명 모두 여성이어서 그랬을까? 마스터는 기네스가 여성이 마시기에 좋은 술이라고 강조했다. 우선 다른 맥주보다 칼로리가 낮은 데다 철분 함량이 높다는 영양적 이점도 있다는 것이었다. 나는 칼로리에 신경을 써야 하는 건 여자들만이 아닐진대, 하는 얘기를 하려다 말았다. 다름 아닌 마스터 본인이 가열 차게 다이어

트 중이라는 사실을 알고 있었으므로. (그는 원래부터 푸
근한 인상이 아니었고, 푸근한 인상으로 남기를 바라지
도 않았다!) 굳이 아픈 곳을 찌르게 되는 것 같아서였다.

아무려나 그 펍에서 보낸 시간 덕분에 내게 기네스
의 이미지란 해피 아워, 그리고 농밀한 거품이 입술을 훑
고 지나가는 감촉으로 각인돼 있었다. 거기에 새롭고도
뜻밖의 정보가 더해진 것은 올해의 일이다. 기네스가 가
득 담긴 잔을 표지로 내세운 《매거진 B》의 기네스 편을
읽게 된 것이 계기였다.

'기네스북'은 기네스의 홍보 전략에서 출발했다고
한다. 나는 그 금시초문의 정보에 한 번 놀랐고 주변에 알
리자 절반 이상이 이미 알고 있다고 해서 두 번 놀랐다.
하지만 그 이상으로 놀라운 것은 기네스의 이미지에 관
련된 것이었다.

어느 맥주 전문가는 "기네스가 지나치게 무거운 이
미지를 가지고 있습니다."라며, 일례로 "런던 북쪽 지역
사람들은 라거를 '소년들의 음료'로, 에일은 '제대로 된 남
자의 맥주'로 부릅니다. (중략) 기네스를 마시려면 좀 더
성숙하고 연륜을 쌓아야 한다는 거지요."라는 것이었다.

이 인터뷰를 뒷받침해 주기라도 하듯이 잡지의 다른
페이지에는 런던에서 열리는 '그레이트 브리티시 비어 페

스티벌'을 찾은 한 남성이 "라거가 여성이 가볍게 즐길 수 있는 맥주라면, 에일은 남성의 음료랄까요? 더 섬세하고 깊이가 있죠."라고 말하는 모습도 실려 있었다.

뭐라고?

나는 황당했다. 중고등학교에서 시를 배우면서 의지적 · 저항적 · 남성적 어조가 한 세트로 묶이고, 서정적 · 애상적 · 여성적 어조가 한 세트로 묶여 있는 것을 볼 때마다 느꼈던 한숨 나오는 이물감을 기네스를 다룬 잡지를 읽으면서 느끼게 될 줄이야.

자, 이쯤에서 정리를 해 보자. 기네스를 두고 맥주 전문가인 남성은 지나치게 무거운 이미지를 가지고 있다는 세간의 평가를 안타까워했고, 에일 맥주 마니아인 남성은 섬세하고 깊이 있는 맥주로 느낀다며, 공히 기네스에 부여된 남성적 특성을 언급했다. 한편 아이리시 펍의 마스터인 남성은 불타는 의지로 다이어트에 임하는 와중에 기네스가 여성이 마시기에 좋은 술이라고 소개하는 근거로 칼로리가 낮다는 점을 들었다. (참고로 그는 다이어트에 성공해 10kg 가까이 감량했다.)

어찌나 임의적인지. 여성적이라거나, 남성적이라는 꼬리표를 붙여 특징을 강조하고자 하는 서술은 이렇듯 술을 설명할 때도, 시를 탐구할 때도 허술하기 짝이 없다.

그럼에도 불구하고 "아니, 그래도 그게 사실 일반적으로 어쩌고저쩌고······." 하는 목소리가 들린다면 나의 대답은 정해져 있다.

"됐고, 술이나 한잔합시다. 해피 아워니까 큰 잔으로!"

✻ 테이스팅 노트

기네스

제조국 **아일랜드** / 도수 **4.2도(드래프트 캔 기준)**

《매거진 B》 기네스 편을 통해 얻은 정보
'기네스북'은 기네스의 홍보 전략에서 출발했다.
기네스 드래프트 캔 안에서 달각거리는 것의 정확한 명칭은 '위젯 볼'이다. 이 위젯 볼 안에 담겨 있는 것은 질소 가스로 캔 뚜껑을 열면 내부 압력이 낮아지면서 가스가 분출돼 풍부한 거품을 만들어 낸다고 한다.

짙은 커피색을 띠고 구운 빵과 커피를 연상시키는 향이 난다.
크림처럼 매끄러운 질감의 거품이 매력적. 펍에서 마시는 것과는 다소 차이가 있지만 드래프트 캔으로 마셔도 상당한 밀도의 거품을 즐길 수 있다. 이로 인해 바디감 또한 또렷하게 느껴지는 편이며 탄산감은 낮다.
밀크 초콜릿 풍의 은근한 단맛에 산미는 상당히 연하다. 부드러운 목 넘김. 후미를 장악하고 있는 것은 쌉싸름한 맛. 독주처럼 알콜의 기운 자체가 남는 게 아니라 훈제 향이 섞인 풍미가 입맛을 돋운다. 단, 주량이 낮거나 달콤한 술을 제한적으로 즐기는 취향의 경우 부드러운 거품으로 시작했지만 지배적 인상이 쓴맛으로 남아 부담스럽게 느낄 수도 있을 듯하다.
새까만 캔에 담긴 기네스 오리지널의 경우 먹색 드래프트 캔에 비해 탄산감이 강화된 반면 후미도 좀 더 가벼운 편이다.

확장되는 세계와
산뜻한 선택

어느 여름날의 해질 녘이었다. 반디는 뜻 모를 충동에 사로잡혀 어머니에게 전화를 걸어 보고 싶다고, 엄마가 몹시 보고 싶다고 거듭 말했다. 무슨 일이라도 생긴 것일까. 딸의 전에 없는 직접적인 애정공세를 들은 어머니는 어리둥절하다 못해 불안감마저 느꼈다. 반디는 후에도 차마 그때 자신에게 일어난 일의 진상을 전할 수 없어서 그냥 그날따라 기분이 그랬다는 식으로 얼버무려야 했다. 그러니까 맥주 한 잔만 마시면 취하는데 두 잔을 마시고 나서 벌인 일이라는 사건의 진상이 적이 민망했으므로.

아시아인 중에는 반디와 같이 선천적으로 알콜 분해 효소가 적은 사람의 비율이 40%에 육박한다는 기사를 읽은 후, 나는 다소간의 죄책감을 느꼈다. 하우스 메이트인 반디 앞에서 숱하게 (행복해하며) 맥주를 마신 탓이었다. 막걸리와 위스키에 흥미가 커지면서 전보다는 맥주를 찾는 빈도가 줄었지만 첫 잔의 맥주가 주는 쾌속의 행복은 변함없이 누리고 있었으니 말이다. 섬세한 미각과 후각을 가진 반디는 맥주 맛에 눈을 떴으며 한 잔밖에 마시지 못하는 체질이 원통하다는 심경을 토로하는 지경에 이르게 됐다.

결자해지의 심정으로 나는 그녀에게 한 가지 제안을

했다. 퇴근 후 맥주 한잔의 기쁨을 누리는 데 있어 선택의 영역을 논알콜 맥주에까지 확대해 보면 어떻겠냐는 것이었다.

사실 대부분의 편의점에도 논알콜 맥주가 한두 종류는 구비돼 있고, 대형마트와 인터넷을 합하면 논알콜 맥주의 종류는 퍽 다양하다. 그중에 권할 만한 것으로는 마이셀, 크롬바커, 에딩거, 크라우스탈러 등의 브랜드를 꼽겠다. 심지어 크롬바커의 경우 필스너와 바이젠으로 맛이 나뉘어 있어서 골라 마실 수도 있다. 다소 싱겁지만 청량감과 합리적인 가격으로 무난하게 마실 만한 것으로는 웨팅어 프라이, 체링거, 클라우드의 논알콜 맥주를 들 수 있다.

그런가 하면 논알콜 칵테일을 문의했을 때 흔쾌히 수락하는 바텐더에게는 늘 좋은 인상을 받는다. 아예 메뉴판에 논알콜 칵테일로 주문 가능한 칵테일을 표기해 두는 경우도 늘어나는 추세라서 반갑다. 한번은 반디가 마시는 논알콜 칵테일을 한 모금 맛보고 감탄한 적이 있다. 화사함에도 여러 가지 갈래가 있다고나 할까. 공들여 만든 디저트가 그러하듯이 달콤하고 상큼한 맛이 층층이 쌓여 조화를 이루고 있었기 때문이다. 그러면서도 뒷맛은 깔끔하게 떨어졌다. 바텐더에게 조심스레 이름과 레시피를 묻자 자체 개발한 칵테일이라 아직 이름은 없다며 오렌지 주스, 레몬 주스, 파인애플 주스, 피치 시럽, 탄산수가 들어갔다는 대답이 돌아왔다.

아하, 하고 반디는 고개를 끄덕였다. 핵심은 트로피컬 계열과 시트러스 계열의 융합에 있다는 것이었다. 그 두 가지 요소를 섞어 만들면 주스나 스무디뿐 아니라 칵테일의 맛도 한층 풍성해지는 모양이었다. 트로피컬과 시트러스. 이어지는 말의 울림 또한 근사했다.

논알콜 음료의 세계는 점점 더 확장됐다. 반디가 애호하는 논알콜 음료 중 하나는 자라섬 재즈 페스티벌에서 만난 자라섬 뱅쇼다. (실은 처음 자라섬에서 이 뱅쇼가 논알콜이라는 사실을 모르고 마신 나는 아무리 마셔도 취기가 돌지 않는 게 맑은 공기 덕인 줄 착각했지 뭔가. 그 덕에 자연에 취해 쉽사리 술에 취하지 않는 신선의 기분을 맛봤다는 사실을 고백한다.)

그해의 재즈 페스티벌 로고가 그려진 레토르트 팩에 담긴 자라섬 뱅쇼를 인터넷에서 사시사철 구할 수 있다는 사실을 알게 된 반디는 쾌재를 불렀다. 와인에 과일과 허브를 넣고 알콜이 날아가도록 팔팔 끓이는 수고를 하지 않더라도 간편하게 쟁여 둘 수 있기 때문이다. 홈파티를 열었을 때 여름에는 얼음 잔에 부어서, 겨울에는 따끈하게 데워서 술을 못 마시는 사람에게 건네면 제법 반응이 좋다.

본래 논알콜 음료는 간질환 환자와 임신부를 고려해 만들어졌다고 한다. 그뿐만 아니라 치과 진료 때문에, 복용하고 있는 약의 효과를 술이 저해할까 봐, 운전을 해야 하므로 등 논알콜 음료를 찾게 되는 이유는 다양하며 엄연히 존재한다. 그럼에도 여전히 술자리에서는 논알콜 맥주나 칵테일을 선택한 이의 행동을 이해할 수 없다거나, 차라리 마시지 말라거나, 정녕 혼자만 한 잔도 안 마실 거냐는 잔소리나 강권의 목소리가 들린다. 반면 카페에서 디카페인 커피나 차를 선택한 이에게 힐난이 쏟아지는 광경을 목도한 적은 지금껏 한 번도 없다.

전자와 후자의 차이에 대해 절로 고개를 갸웃하게 된다. 음주에 관해 다수가 공유하는 형태로 희석시켜야만 할 죄책감을 느끼기 때문에 힐난이 등장하는 것 아닌가 하고 말이다. 설령 흥겨운 분위기 속에서 이루어진다 하더라도 술을 강요하는 행동이 시사하는 지점은 명확하다고, 이 연사 힘차게 외치고 싶다. 그러한 행동은 스스로 즐기기 위해 마시는 게 아니라 망가지기 위해 마신다는 사실을, 그로 인해 죄책감을 느끼고 있음을 시인하는 꼴과 같다고.

✽ 테이스팅 노트

마이셀 바이스 알콜프리

제조국 **독일** / 도수 **0.5도**

라벨로부터 얻은 정보

제품 유형이 '효모 음료'로 구분돼 있기 때문인지 일반 맥주에는 적혀 있지 않
는 칼로리 정보가 표기돼 있다. 330㎖ 한 병에 69칼로리로 동량의 코카콜라가
139칼로리인 것을 생각하면 마음이 한결 가벼워지는 수치.

짙은 호박빛. 바나나 따위의 과일을 연상시키는 향기.
밀맥주를 즐길 때처럼 잔에 전체의 4/3가량을 따른 후 병을 몇 차례 회전시켜
나머지를 천천히 따르면 논알콜 맥주 중 발군의 부드러운 거품을 즐길 수 있다.
탄산감이 약하며 목 넘김은 부드럽다. 캬라멜 풍의 단맛과 느껴질 듯 말 듯 미
약한 산미. 쓴맛은 거의 느껴지지 않으며, 마신 뒤에는 입안에 몰티한 풍미가
남는다.
전반적으로 상쾌함보다는 부드럽고 향긋한 느낌으로 즐기기에 좋다.

여행의 끄트머리에
생기를 불어넣는 법

"이건 어른들이 마시는 거야. 넌 못 마셔."

지난 일 년간, 대략 분기별로 한 번씩은 명백하게 성인인 또래 친구 앞에서 이와 같은 대사를 치며 히죽거렸던 것 같다. 허세가 듬뿍 섞인 이 농담 한마디를 던지기 위해서는 몇 가지 조건이 뒷받침돼야 한다.

조건 첫 번째. 주량은 미미하지만 분위기 좋은 곳에서 한두 잔쯤 마시고 싶다는 친구와 함께하는 자리일 것. 다음 조건은 적당한 취기가 돌 만한 시간적 여유다. 그리하여 슬슬 마지막 잔의 순서가 왔다고 느껴지면 아드벡을 주문한다. 자그마한 튤립 모양 시음 잔에 담긴 위스키를 본 친구가 "그건 무슨 술이야?" 하고 물어 오면 준비된 대사를 던지면 된다. 한껏 폼을 잡으면서.

곧잘 소독약 냄새로 비유되는 강렬한 피트 향으로 인해 처음 접하는 이들은 하나같이 잔 가까이 코끝을 대어 본 것만으로 진저리를 쳤다. 그럼에도, 이 '어른'의 만류에도 불구하고, 호기심에 아랫입술을 적셨던 친구, 미희의 얼굴은 현란하게 우그러졌다. 언젠가 영상으로 봤던, 귤을 처음 먹어 본 아기가 짓던 표정을 방불케 하는 얼굴이었다고나 할까. 그러기에, 어른들이 마시는 거라니까.

이토록 여러 조건을 갖추어 어쩌다 한 번씩 즐길 수

있는 '아드벡 농담'의 반대편에는 어떤 바에 누구와 함께 가더라도 즐길 수 있는 여흥이 있다. 그것은 네그로니와 불바디에를, 그 달콤 쌉쌀한 맛의 넓고 깊은 갈래를 비교해 보는 것이다.

네그로니를 처음 접한 시기는 몇 해 전 어느 겨울날이었다. 그날 나는 어떤 종류의 칵테일이 됐건 지금껏 마셔 본 경험이 없는 것을 선택하고픈 기분으로 충만했다. 하필 그날 찾은 바의 칵테일 메뉴에는 아무런 설명 없이 칵테일의 이름만 늘어서 있었으므로 네그로니를 점찍은 이유는 오직 이름의 느낌에 의거한 것이었다.

잠시 뒤에 나온 칵테일에는 나의 마음을 사로잡을 만한 요소가 듬뿍 담겨 있었다. 우선 빛깔. 유채색 애호가의 심금을 울리는 맑은 빨강 빛의 액체에서는 산뜻한 과실 향이 풍겨 왔다. 향기로 인해 가벼운 맛을 예상한 것과 달리 묵직한 중심을 가진 쌉싸름함에 적당한 단맛이 조화를 이루고 있어서 더욱 마음에 들었다.

이후 한동안 바에 가면 네그로니를 주로 마시던 나날들이 이어졌고, 어느새 이듬해 겨울이 찾아왔다. 전날 내린 눈이 다 녹지 않은 길을 조심히 디디며 기대 속에 찾은 바에서 나는 네그로니가 메뉴에 없다는 안타까운 소식을 들었다. 그러면 네그로니와 유사한 느낌의 칵테일을 달라고 부탁하자 잠시 뒤에 내 앞에는 '불바디에'가 놓였다. 잔을 들어 한 모금 맛봤을 때, 조금 전의 안타까움은 그야말로 눈 녹듯이 사라졌다.

네그로니는 베이스가 되는 진에 캄파리와 베르무트, 두 종의 리큐어를 섞고 오렌지 필로 향을 더한 칵테일이다. 이 레시피에서 진을 위스키로 바꾼 불바디에에는 흔히 네그로니의 사촌과 같은 칵테일이라는 설명이 따라붙는다. 평소에 진보다 위스키에 더 큰 애정을 품고 있는 만큼 내 마음이 불바디에 쪽에 기우는 것은 당연한 일이었다.

게다가 어디에선가 불바디에의 뜻이 '한량'이라는 이야기를 듣고 확인 차 불어를 구사하는 분께 문의했더니 "'불바'가 큰길, 대로라는 의미이기는 한데요."라는 대답이 돌아왔다. 사전을 찾아볼 것도 없다 싶었다. 대로변을 어슬렁어슬렁 돌아다니는 이, 그야 물론 한량일 테니까.

말이 나와서 말인데 한량의 삶을 추구하는 사람으로서 특히 여행지에서는 어슬렁거리며 자주 술잔을 드는 데 최선을 다하고 있다. 그러나 지난해 말에 떠난 발리 여행에서는 그럴 수 없었다. 어머니의 칠순을 맞이해 동생이 기획한 가족 여행이었기 때문이다. 여행의 초점은 휴양에 맞춰져 있었고 리조트는 번화가와 상당한 거리가 있는 산속에 위치했다. 그와 같은 이유로 현지의 바를 방문하고 불바디에를 마시는 기쁨은 누리지 못하리라 일찌감치 단념했던 내게 반전이 찾아온 시기는 여행의 끄트머리였다. 발리의 공항 안에 여러 곳의 바가 운영되고 있었던 것이다.

그중 한 곳의 입구에 놓인 메뉴판에서 네그로니의 존재를 확인 뒤, 동생의 도움을 빌려 나는 드디어 불바디에를 주문할 수 있었다. 그러자 자정을 넘긴 시점에 탑승을 기다리며 겨우겨우 버티던 시간이 일순 발리에서 마시는 불바디에는 어떨까 하는 기대감으로 물들어 갔다. 잠시 뒤에 맛볼 불바디에는 평소에 마시던 맛과 차이가 없을 수도 있고, 뜻밖의 개성을 보여 줄 수도 있으며, 기대를 한참 못 미치는 맛일 가능성도 있었다. 바텐더의 손놀림을 바라보는 동안 이와 같은 즐거움은 대개의 공항에서 통용되리라는 데에도 생각이 미쳤다.

"언니, 이번 여행에서 지금이 제일 행복해 보여."

동생의 말에 나는 차마 아니라고 할 수 없었다. 하나쯤 즐겨 마시는 칵테일이 있다는 것은 여행에서 가장 지루한 시간에 생기를 불어넣어 주는 특별한 이용권을 가지고 있는 일인 것만 같다는 발견이 있었으므로. 그 덕에 실제로 행복했으므로.

불바디에

도수 30도 내외

인터넷 검색을 통해 얻은 정보
불바디에 레시피에서 스위트 베르무트를 드라이 베르무트로 변경하면 오래된 친구를 뜻하는 '올드 팔'이라는 칵테일이 된다.

선명한 루비 색의 매혹적인 첫인상.
빛깔 외의 구성 요소는 바텐더의 선택에 따라 다양한 형태로 만나 볼 수 있다. 베이스부터 그러한데, 버번인 경우가 더 많지만 라이 위스키가 쓰일 때도 있다. 큼지막한 구형 얼음과 함께 올드패션드 글라스에 담기기도 하고, 얼음 없이 오목한 칵테일 글라스에 담기기도 한다. 가니쉬로 오렌지 필이 쓰이기도, 레몬 필이 사용되기도 하며 없을 때도 있다. 불바디에를 처음 알게 된 이래 쭉 선호했던 조합은 버번에 올드패션드 글라스, 오렌지 필 가니시였다. 색감과 향은 화려하면서도 화사한 인상을 주고, 잔을 손에 쥐면 묵직한 무게감이 느껴지는 데다 맛은 달콤 쌉싸름한 점이 한데 모여 풍성한 리듬감을 담고 있는 듯했기 때문이다. 그로 인해 가니시가 없거나 오목한 칵테일 글라스에 담긴 불바디에를 만나면 다소 허전한 기분이 들었다.
그와 같은 아쉬움이 사라지게 된 것은 상수동의 페더바를 방문한 덕이었다. 이곳의 불바디에는 칵테일 글라스에 담겨 나왔고, 가니시는 없었다. 페더바의 바텐더는 칵테일에서 오렌지나 레몬 필 가니시의 역할은 입체감을 표현하는 데에 있다고 설명하며 '모든' 칵테일이 화려하기만 하다면 어떻겠냐는 질문을 던졌다. 페더바의 불바디에는 너티하고 무거운 와일드 터키와 카카오 닙스의 뉘앙스가 있는 친자노 로쏘, 캄파리가 섞여 균형 잡힌 중후한 맛을 냈다. 또한 얼음 잔에 담긴 불바디에가 처음에는 진득한 바디감을 가지다가 묽어지는 것과 달리, 혀 전반을 살짝 누르는 듯한 견고한 바디감을 끝까지 균일하게 즐길 수 있었다.

임시변통 칵테일

동생이 친구 B를 집에 데리고 와서 자겠다고 했을 때, 내가 생각한 그림은 대략 이랬다. 기분 좋게 취해서 들어온 두 사람은 '한 잔 더!'를 외치며 거실이나 부엌에 술상을 펼 것이다. 그럼 나는 웃고 떠드는 그들을 마주 보고 앉는다. 내가 사는 집에서 펼쳐진 술자리이므로 한 자리 차지하는 데 눈치 볼 필요가 없는 데다 둘의 대화 내용을 알아듣거나 끼어들기 위해 애쓸 의무도 없다. 따라서 유쾌한 분위기에 젖어 때때로 잔을 부딪쳐 가며 하루를 마무리하는 것이다. 그날따라 온종일 집에 틀어박혀 노트북을 쏘아보고 있었던 나는 초인종 소리가 나자마자 함박웃음으로 두 사람을 맞이했다.

하지만 그로부터 얼마 지나지 않아 나는 B앞에 홀로 앉아 '맞장구 봇' 노릇을 하게 되었다. 일이 그렇게 흘러간 것은 물론 동생이 집에 오자마자 잠들었기 때문이다. 동생은 힘차게 부츠와 스타킹을 벗어던지고 나자 그나마 남아 있던 에너지를 모두 소진한 듯 침대로 직행했다. B로 말할 것 같으면 더 마시고 싶은 기색이 역력했다. 바로 잔다니 이건 말도 안 돼! 아니, 너는 더 마실 수 있어! 하며 동생을 채근하는 그녀의 목소리는 애절했으나 동생 방의 문은 속절없이 닫혔다.

곧장 잠자리에 들고 싶지 않은 두 사람, 즉 나와 B는 현실을 받아들이고 마주 앉아야 했다.

B는 이전에도 우리 집에서 자고 간 적이 있었고, 여럿이 모인 술자리에서 몇 차례 본 적이 있었지만 설마하니 우리가 단둘이 술을 마실 일이 있으리라고는 예상하지 못했다. 그즈음 들어 종종 반복하던 후회가 (나는 도대체 이십 대 때 남들 다 가는 장기 배낭 여행 한 번 안 가고 뭐했나! 영어 회화 좀 다져 놓지 않고 뭐했나!) 빠르게 머릿속을 스쳤다.

다행히 나와 B의 의사소통은 손짓 발짓을 동원하는 수준보다는 나았다. 당시에 오 년째 한국에서 아이들에게 영어를 가르치던 B는 우리말로 두세 가지 단어를 붙인 압축적인 문장을 구사할 수 있었다. 나는 언젠가 그녀가 우리 집에 놀러 왔을 때 '아, 피곤해. 일단 잠깐 퍼질러 있었다가 한 잔 더 하자'라는 의미를 담아 거실 소파로 향하면서 "우리! 누워요!"라고 외치는 것을 들은 적이 있었다. 발음도 상당히 정확했다. 그걸 벌써 이해했느냐는 맥락을 전하기 위해 "머리 너무 좋아요!" 하고 외치는 것도 들었다. 다시 말해 내가 말할 수 있는 영어 단어의 나열보다 나았다.

그날 주로 이야기를 이어 나간 것은 B였다. 그녀는 신경 써서 최대한 또박또박 말하는 영어에 압축적인 한

국어를 듬뿍 섞어서 내게 자신의 삶을 들려줬다.

B가 궁극적으로, 혹은 언젠가는 제대로, 혹은 언제라도 하고 싶은 일은 사진인 듯했다. 그녀는 마침 팔목에 카메라 형상의 타투를 새겨 넣을 계획을 세운 참이라며 두 가지 시안을 보이며 어느 쪽이 더 나아 보이느냐고 내 의견을 물었다. 자신의 본가가 있는 곳은 미국에서 상당한 시골이라고 밝혔고, 인간관계에 관한 가치관에 대해 의견을 내기도 했다. 어째 결혼 제도를 중심으로 한 가족의 가치로 수렴되는 이야기의 흐름에 내심 움찔거리면서도 나는 그럭저럭 맞장구를 치고 있었다. 이견을 밝히기 위해 분연히 언어의 한계를 깨고 노력할 엄두가 나지 않았던 것이다. 그보다는 자신을 마냥 낙관적이고 온화한 사람으로 가장하고 있는 듯한 찜찜함을 견디는 게 훨씬 수월했다.

게다가 실은, 사소한 찜찜함이야 아무렴 어떠냐는 마음이 들었다. 나와 B는 매일 아침 같은 시간에 일어나 출근하고 착실히 커리어를 쌓아 연봉을 높이는 삶과 거리를 둔 채 삼십 대를 보내는 중이었다. 궁극적으로 하고 싶은 일을 나름대로는 이어 가고 있었다. 하지만 당시까지만 해도 그 일을 직업으로 삼지는 못한 상태였다. 그러한 공통점을 가지고 있으니 구태여 소리 내 말하지 않아도 서로의 마음 한편에 고여 있는 우울과 불안감의 형태를 짐작하고도 남았다. 마주 앉아 술잔을 채워 주는 일쯤이야 얼마든지 할 수 있었다.

거기에 하나 더. 애매한 시기에 이국으로 떠나와서 적당한 생활을 하는 날들의 감촉. 그 역시 B가 입도 뻥긋하지 않는다 해도 내가 잘 알고 있는 것이었다.

한 달 벌어 다음 한 달을 사는 것. 그 이상의 고민과 장기적인 인생 계획은 일단 귀국 후로 미뤄 두고 모르는 체하는 것. 그로 인해 중요한 것을 미뤄 두고 있다는 압박 감이 부풀어 오르는 형상을 지켜보는 것. 그것은 서른을 목전에 두고 별다른 대책 없이 워킹홀리데이를 다녀 온 나 역시 경험한 일이었던 것이다.

사정이 그러한지라 그날의 술자리는 새벽 세 시를 넘겼다. 직접적으로 위로를 건네는 일은 섣부른 일이 될 수도 있으므로 시도하지 않았다. 그래도 최소한 아쉬운 감이 들지 않도록 진탕 마시는 일에는 인색하게 굴고 싶지 않았다. 나중에는 남은 술이 보드카 반 병뿐이었다. 게다가 집에는 보드카를 희석시킬 주스는커녕 얼음 한 조각도 없었다. 그러자 B가 왕년에 바텐더로 일한 경험이 있다며 (옳거니!) 그때 고안했다는 더없이 간단한 칵테일 제조에 돌입했다.

B는 보드카 위에 설탕을 넣고 후추를 뿌렸다. 그리고 머들러를 재빨리 휘저어서 설탕을 녹였다. 강력한 알콜의 기운을 단맛과 후추 향으로 눈가림한, 헛웃음이 나올 만큼 임시변통적인 칵테일이었다. 그럼에도 충분히 마실 만했다. 이미 취기가 오른 뒤여서 그랬는지는 모르겠지만.

내가 B를 다시 보게 된 것은 그로부터 일 년 뒤였다. 자신의 고향으로 돌아간 후 여행으로 서울을 다시 찾은 그녀의 표정은 전보다 한결 밝아서 마음이 놓였다. 새벽까지 술잔을 기울이던 날에 그만 고향으로 돌아가는 게 좋지 않겠느냐는 말을 전하지 않았으므로, 나는 돌아가기를 잘했다는 말도 입 밖에 내지 않았다.

그로부터 다시 몇 해가 흘렀다. 나는 그동안 네그로니와 불바디에를 만났고, 칵테일에 관해 조금씩 흥미가 늘었다. 집에서는 곧잘 위스키 플로트를 시도해 보기도 하는데 제조에 실패하는 경우도 왕왕 있다. 생수 위에 위스키를 띄운 형태가 되지 않고 위스키가 그대로 물 안에 퍼져 버리는 것이었다. 단순하지만 간단하지만은 않은 위스키 플로트를 만들기에 실패할 때면 이따금씩, 더없이 단순하고 간단한 칵테일을 만들던 B의 모습이 떠오르기도 한다.

단 둘이 딱 하루, 그러나 임시변통 칵테일까지 만들어 마실 만큼 오래도록 함께 술잔을 기울였던 B. 모쪼록 그녀가 원하는 형태의 행복이 임시변통과 머나먼 형태로 손에 잡히기를.

✱ 테이스팅 노트

위스키 플로트

도수 **14도**

칵테일 도감을 통해 알게 된 레시피
얼음을 넣은 올드패션드 글라스에 물(미네랄 워터)을 70%까지 채운다. 위스키 45ml를 바 스푼의 등 쪽을 사용해 살며시 따라 물 위에 띄운다.

위스키를 병째로 기울여 따르다 보면 흘려 넣는 속도를 조절하기 어렵다 보니 직접 만드는 데 수차례 실패를 겪었다. 그러다 분량의 위스키를 300ml짜리 계량컵에 먼저 옮기고 따라 넣자 수월하게 물 위에 떠올랐다. 연습에 주로 사용한 술은 조니 워커 블랙라벨. 스트레이트의 경우 영롱한 호박색이 나는 데 반해 위스키 플로트 쪽은 살짝 물에 풀어져 좀 더 맑고 투명한 꿀 빛이 됐다. 코끝을 톡 쏘는 듯한 강렬한 향과 묵직한 후미 역시 한결 누그러든다.
결과적으로 물과 위스키의 비율이 7:3이 되므로 알콜 도수를 1/3로 계산해 14도로 표기되지만 이는 산술적인 값일 뿐, 실제는 단계별로 농도에 상당한 차이가 난다.
일단 맨 처음 한 모금은 스트레이트와 가깝지만 맛과 향의 응집력만 살짝 풀어진 상태다. 이후 두세 모금은 20도 전후의 농도가 된다. 잔의 절반 이상을 비우고 나면 맑은 물맛에 위스키 풍미를 덧씌운 듯 느껴지며 알콜의 기운이 거의 사라져 달착지근한 여운이 입안을 감돈다.
탄산수를 이용해서 만들면 물로 만들었을 때보다는 위스키가 좀 더 빠르게 풀어지는 반면 하이볼보다는 밀도 있는 스타일로 즐길 수 있다.

마냥, 슬슬

'이 글은 한산소곡주를 마시면서 적었다.'

라는 문장으로 한 번쯤 시작해 보고 싶었다.

술이란 대체로 그러하지만 곡식 같기도 하고 과즙을 연상시키는 구석도 있는 이 술의 맛은 더더욱 한량의 이미지를 연상시킨다. 그것도 고전적으로 물가에서 시 한 수를 읊을 것만 같은 이미지를.

안타깝게도 시심詩心을 타고나지 못해서 시를 쓴 것은 과제가 주어졌던 문창과 학부생 시절뿐이다. 다만 딱 한 번, 여기서 마냥 걷다 보면 시가 한 수 나올지도 모르는데, 하는 기분을 느낀 적이 있다. 패키지여행으로 떠난 첫 해외여행지인 베이징에서였다.

자금성과 만리장성은 과연 웅장했지만 별다른 감흥이 일지 않았다. 서태후의 여름 별장이었다는 이화원은 마음에 들었다. 드넓은 호수를 따라 길게 이어진 산책로가 있었기 때문이다. 한량의 삶을 추구하며 물가의 산책로라면 일단 한바탕 걷고 보는 나는 그 길을 무념무상 걷고 싶었다. 그러면 정말 시라도 한 수 나올 것만 같았다. 그러나 전체를 돌아보려면 꼬박 하루가 걸린다는 규모의 관광지에서 단독 행동은 허락되지 않았다. 십여 년 전이라 심카드를 창작한 스마트폰을 가지고 있지도 않았으므로, 나는 꼼짝없이 가이드 앞에 서서 서태후에 관한 일화를 들어야 했다.

황제를 능가하는 권력자였던 서태후는 미소년을 몹시 총애한 모양이었다. 그녀의 눈에 들고 싶었으나 외모에 자신이 없었던 어느 신하는 한 가지 묘책을 냈다고 한다. 서태후의 산책로에 면한 호수의 잉어를 훈련시킨 것이었다. 자신의 발걸음을 따라 이동하는 듯한 잉어의 움직임을 눈치챈 서태후가 의아하다고 입을 떼자, 신하는 마마께서 워낙 뛰어난 미모를 가지고 계시어 잉어도 따르는 게 아니겠냐고 속삭였다. 그렇게 환심을 샀다는 이야기였다.

한숨이 나왔다. 절대 권력씩이나 쥐고서는 빤한 아첨에 넘어가는 그토록 시시한 마음가짐이라니, 아니 실은 절대 권력을 쥐었으니까 더욱 시시해졌겠지만, 게다가 그 시시함에는 성별도 관계없구나, 하는 이야기를 동생과 나누고 있던 차였다. 우리 등 뒤에 서 있던 남자 고등학생들이 유레카를 외치듯 호쾌한 어투로 "역시!" 하고 목소리를 높였다.

"역시 남자는 이벤트를 잘해야 돼."

"맞아, 이벤트를 잘해야 뭐가 되도 돼."

역사의 시시한 조각에서도 살뜰하게 교훈을 발견해내는 그들의 활약은 패키지여행 내내 이어졌다. 가이드는 때로 터프한 농담을 했지만 친절했다. 게다가 반드시 들러야만 하는 쇼핑센터로 말할 것 같으면 심드렁하게 들어갔다가 제법 마음에 드는 실크 스카프를 건지기도 했다.

그런즉 그럭저럭 따라다닐 만은 했지만 시간을 되돌린다 하더라도 그 여행에서 내가 제일 해 보고 싶었던 것은 하나다. 나는 이국의 산책로를 마냥 걸어 보고 싶었다. 슬슬 돌아다니고 싶었다.

말이 나와서 말인데 현대 한량이 추구해야 할 삶의 자세는 '마냥'과 '슬슬' 사이에 걸쳐져 이리 기울었다 저리 기울었다 하는 게 아닐까 싶다.

백제가 멸망하자 유민들이 소복 차림으로 빚었다는 의미에서 '소곡주'라고 불렸다는 한산소곡주는 '앉은뱅이 술'이라는 별칭이 있다고 한다. 한 번 마시기 시작하면 잔을 내려놓을 수가 없어 못 일어날 지경까지 마시게 되는 술이라는 의미에서다. 마냥이 슬슬을 주저앉힌 꼴이다.

마냥 마시다가 적당한 시간에 슬슬 돌아가려던 마음가짐이 허물어지는 것은 실상 주종에 관계없이 술이 가진 특성 중 하나일 것이다. 그중에서도 특별히 '앉은뱅이 술'이라는 별칭이 붙기 위해 갖춰야 할 조건은 쉬이 유추할 수 있다. 우선 술술 들어가야 하므로 너무 독하면 아니

된다. (한산소곡주는 18도다.) 마찬가지로 쓰고 독한 맛이 강해도 곤란하다. 반대로 탁주 계열은 낮은 도수와 걸쭉한 농도 때문에 취하기 전에 배가 부르기 십상이므로 맑고 목 넘김이 좋아야 한다.

이 모든 조건을 갖춘 한산소곡주는 담백한 고기 요리나 생선회와 잘 어울린다. 개인적으로 선호하는 것은 제철을 맞이한 각종 나물을 안주로 삼는 것이다. 땅의 기운을 느낄 수 있는 쌉싸래한 맛이 살아 있는 민들레, 쏨바귀, 메밀 무침은 입맛과 술맛을 돋운다. 깨를 듬뿍 뿌린 미나리, 물기가 살아 있는 톳무침, 아삭아삭한 마늘쫑 절임도 좋다. 각기 개성이 다른 반찬 가게가 네 곳이나 있는 전통시장 근처에 사는 일에 새삼 만세를 외치고 싶어진다.

맑은 단맛과 감칠맛이 나는 생주를 싱싱한 나물에 곁들인다. 간소하지만 호사스럽다.

그렇게 마냥 마셨더니 이제 슬슬 취한다.

✽ 테이스팅 노트

한산소곡주

제조국 **한국(충남 서천군 한산면)** / 도수 **18도**

인터넷 검색을 통해 얻은 정보

대한민국 식품명인 19호 우희열 명인의 한산소곡주 홈페이지 www.sogokju. co.kr에 따르면 이 술의 바탕이 되는 한산 지방의 천연수는 염분이 없고 미량의 철분이 함유돼 있어 독특한 물맛을 가진다고 한다. 현재 이곳에서 취급하고 있는 한산소곡주는 효모균이 살아 있어서 냉장 보관을 요하는 생주, 생주에 열처리를 해 상온 보관이 가능한 살균주, 18도의 소곡주를 증류해 만든 43도의 불소곡주, 이렇게 세 가지 종류다.

사과 주스와 유사한 담황색 빛깔. 한약재 향이 감지되는 다수의 약주와 차이를 이루는 복잡 미묘한 향은 허브 리큐르를 연상시킨다. 차게 보관한 생주는 시럽처럼 맑은 단맛과 감칠맛의 조화가 탁월하다. 약간의 점성이 느껴지는 바디감. 반면 13~14도인 청주나 와인보다 알콜 도수가 높음에도 불구하고 목 넘김은 부드럽다. 합성 감미료가 첨가되지 않아서인지 뒷맛도 깔끔하다.

이러한 맛과 향을 아울러 전체적으로 상당한 유사성을 가지는 미식 체험이 떠올랐는데, 그것은 바로 한여름에만 잠깐 출하되는 초당 옥수수를 생으로 베어 먹은 경험이었다. 입안 가득 퍼지는 즙에서 상당한 당도가 느껴지지만 과즙과는 결이 다른 감칠맛과의 균형, 익히지 않은 식물에서 나는 은은한 풀 향이 그러했다. 이후 한산소곡주를 마시면 초당 옥수수가, 초당 옥수수를 베어 물 때는 한산소곡주가 떠올랐다.

작가의 말

처음에는 마냥 즐거울 줄만 알았다.

그러니까 데뷔작인 《애주가의 결심》 출간을 준비하던 시기에 언젠가 술을 테마로 차기작을 내기 위해서 테이스팅 노트라도 모아 둘까 싶다고 던진 한마디가 순식간에 팽창하던 순간만 하더라도. '소설 + 에세이 + 테이스팅 노트'라는 콘셉트가 뚝딱 정해질 때만 하더라도. 더 많은 종류의 술이 등장하는 장편 소설을 쓸 때와 달리 훨씬 가벼운 마음으로 즐기고, 기록하고, 쓸 수 있을 줄만 알았다. 당시의 나는 낙관에 취해 있었다. 그러느라 애당초 내가 왜 테이스팅 노트를 남겨 두려고 했는가 하는 사실은 잠시 잊고 있었다.

술의 맛과 향을 기록해 두려고 했던 이유는 크게 두 가지였다. 그중 첫 번째는 삼십여 년에 걸친 비염 투병으로 인한 둔감한 후각에 있었다. 지극한 가족 사랑과 호방한 일갈을 자유자재로 구사하는 동생이 때로 "그런 걸 코라고 달고 다니다니……." 하며 혀를 찰 정도이므로 더 설명할 필요가 없을 것이다. 거기에 더해 기억력마저 좋은 편이라고 할 수 없다는 게 두 번째 이유를 차지했다.

《마냥, 슬슬》을 위해 테이스팅 노트를 적으면서 나

는 수없이 절규했다. 평소처럼 냉큼 잔을 비우고 나서 알딸딸한 상태로 진입하고 싶은 유혹을 외면해야 하는 일이 얼마나 많았던가. 후각과 미각이 민감해야 하므로 빈속에 그 날 음주의 첫 잔으로 (많은 경우 다음 잔까지) 마셔야 할 술이 엄격히 정해져 있는 일은 좀처럼 익숙해지지 않았다. 기록을 위해 사진을 찍어서 남겨야 하는 것도 번거로웠다. 중간중간 맹물로 입을 헹궈 가며 할 수 있는 한 구체적으로 맛을 가늠했는데, 예를 들어 단맛이 난다면 설탕, 시럽, 꿀, 캐러멜 중 어느 쪽에 가까운지 구분하는 데 온 신경을 집중해야 했다. 자신이 없다 싶으면 애절하게 주변인들에게 도움을 청하며 힌트를 구했다. 이 과정을 최소한 술마다 두 번 이상 진행하면서 확인을 거쳤다. 그것은 명백히 '일'이었다.

　'일'로 말고, 평소처럼 생각 없이 마시고 싶다는 마음, 벌컥벌컥까지는 아니더라도 꿀꺽꿀꺽 내키는 대로 마시고 싶은 기분이 커질 때마다 떠오르는 한마디가 있었으니 "여행 작가는 여행이 일이라서 마음 놓고 즐길 수 없다."라는 말이었다. 머리로는 충분히 이해하지만 피부로 와 닿지 않아 항상 궁금하던 여행 작가분들의 고충, 그게 어떤 것인지 이제는 충분히 알 것 같다.

그럼에도 이렇게 맨 마지막 장을 적으며《마냥, 슬슬》의 작업 기간을 돌아봤더니 공들여 특징을 되새기는 동안 전보다 풍요롭게 느껴지던 열 가지 술의 맛과 향이 가장 먼저 떠오른다. 한 번쯤 가 봐야겠다고 벼르던 바를 방문하는 이유도 되고, 술을 쟁여 두는 구실도 돼 주던 마법의 문장, "취재차 필요해서!"를 더 이상 쓸 수 없다는 것은 조금 아쉽다. 하지만 마법의 문장을 남발하며 술을 테마로 한 책을 쓴다고 주변에 널리 알린 덕에 잊을 만하면 한 번씩 품에 떨어지던 술 선물은 아직 상당량이 곁에 남아 있다. 참으로 든든하다.

미진한 후각과 기억력을 메우기 위해 촉발된 어느 고무줄 주량의 여정. 시작부터 함께해 주신 숨쉬는책공장 편집부와 이진미 디자이너님, 숱한 시음의 길잡이 반디를 비롯한 여정의 동반자 모든 분께 감사드린다.

창밖이 온통 녹색이다.
오늘이야말로, 마냥 마셔야겠다.

2019년 여름
은모든

마냥, 슬슬

열 가지 술을 테마로 한 소설 + 에세이 + 테이스팅 노트

© 은모든 2019

발행일 초판 1쇄 2019년 7월 5일

지은이 은모든 ✻ 디자인 이진미 ✻ 일러스트 표지(miniwide/Shutterstock.com),
내지(이진미) ✻ 편집 김유민 ✻ 펴낸이 김경미 ✻ 펴낸곳 숨쉬는책공장 ✻ 등록번
호 제2018-000085호 ✻ 주소 서울시 은평구 갈현로25길 5-10 A동 201호(03324)
✻ 전화 070-8833-3170 팩스 02-3144-3109 ✻ 전자우편 sumbook2014@gmail.
com ✻ 페이스북 / soombook2014 트위터 @soombook

값 12,000원
ISBN 979-11-86452-46-2 04800 / 979-11-86452-45-5 (세트)
잘못된 책은 구입한 서점에서 바꿔 드립니다.
이 도서의 국립중앙도서관 출판예정도서목록(CIP)은 서지정보유통지원시스템 홈
페이지(http://seoji.nl.go.kr)와 국가자료종합목록 구축시스템(http://kolis-net.
nl.go.kr)에서 이용하실 수 있습니다. (CIP제어번호 : CIP2019022848)